「どこもかしこも可愛いな」
耳に注がれる声。

illustration by CHIHARU NARA

α《アルファ》とΩ《オメガ》の新婚《しんこん》夫婦《ふうふ》は溺愛《できあい》巣《す》ごもりがしたい～三夫婦《さんふうふ》の蜜月《みつげつ》～

西野 花
HANA NISHINO

イラスト
奈良千春
CHIHARU NARA

Lovers Label

CONTENTS

目を覚ますと、隣《となり》で寝ているはずの彼の姿がなかった。

しまった。また寝過ごした。

芹《せり》は慌《あわ》てて飛び起きると、寝間着の上にバーカーを羽織《はお》って寝室からリビングに出て行く。

隣のキッチンでは、朝食の支度《したく》をする尚史《なおふみ》の姿が見て取れた。

「ごめん、尚さん。寝坊《ねぼう》した」

「もう少し寝ててもよかったんだぞ」

朝食の支度をしているのは芹の番《つがい》であるアルファの久保田尚史《くぼたなおふみ》だった。彼は器用な手つきでフライパンを振っている。熱せられたウィンナーが美味《おい》しそうに跳《は》ねていた。

「パンでよかったか？」

「全然いいよ。サラダの準備するね」

「ああ、頼む」

芹は冷蔵庫を開けてレタスとトマトを取り出しながら、尚史をちらりと見た。

自分達はアルファとオメガの番で、つい先日、結婚《けっこん》したばかりだった。

この世界にはバースというものがあり、人類はアルファ、ベータ、オメガの三種類にわけられる。

アルファはすべてにおいて能力が秀でており、容姿《ようし》、頭脳《ずのう》、身体能力が優れている。世界における支配層《しはいそう》の割合はアルファが七割以上を占めていた。だがその数は少なく、全人口の三割ほどだ。

最も多いのはベータと呼ばれる者達で、一般的な能力を持つ。その割合は六割ほどだった。そして最も少ないのは芹を含む《ふく》オメガだ。容姿に優れているのはアルファと同じだが、どちらかといえば繊細《せんさい》な造りをしている者が多い。そして最も特徴的《とくちょうてき》なのが、発情期と呼ばれる性質を持つことと、男でも妊娠《にんしん》できるということだった。

アルファとオメガは独自のフェロモンを持つが、オメガのフェロモンにアルファは逆らえない。理性をなくし、襲《おそ》ってしまう習性を持っていた。それ故《ゆえ》にオメガはフェロモンを抑える《おさ》抑制剤《よくせいざい》を服用することが原則として義務づけられている。また、アルファが支配する社会においては、しばしば脅威《きょうい》となりえるため、その社会活動をやや抑えられる傾向にあった。

尚史の着ている黒いTシャツの袖口《そでぐち》からドラゴンのタトゥーが覗《のぞ》いている。彼の背中から左肩、二の腕にかけてそれは見事な彫り物《ほもの》があって、彼の見事な筋肉を持つ肉体を彩《いろど》っていた。明るい朝の空気の中でそれを目の当たり《まあ》にしてしまうと、芹はどうしても昨夜《ゆうべ》のことを思い出してしまう。

その圧倒的な肉体が芹を支配し、何度も快楽《かいらく》で屈服《くっぷく》させられたことを。

だが尚史の抱き方はとても優しくて丁寧《ていねい》だった。いつも自分より芹の快感を優先し、身体中を愛撫《あいぶ》して芹を何度もイかせないと挿入《そうにゅう》しない。時には思うままに突き上げ、好き勝手に射精したい時もあるだろう。

芹が最初に彼に抱かれた時がそうだったように。


朝食の準備が整ってダイニングテーブルの前に座る。トーストに目玉焼き、ウィンナーにサラダなどという、ごくごくありふれたメニューだが、食材はすべて高級スーパーのものだ。今、自分達が住んでいるマンションの近くには、前まで芹が利用していた庶民的《しょみんてき》なスーパーはない。アルファと結婚するというのはこういうことか……と、何でもない出来事でいちいち思い知らされる。

「ごめん、尚さん」

「うん？」

芹が謝《あやま》ると、シュガーとミルクを入れたコーヒーを飲んでいた尚史が顔を上げる。彼は大人っぽい雰囲気《ふんいき》を持つ――とは言っても三十五歳ではあるのだが――男っぽく整った容貌《ようぼう》の持ち主で、過去には暴《あば》れていた時もあったが、今は真面目《まじめ》な会社を経営し、知的な雰囲気を漂《ただよ》わせている。かっちりしたスーツなどを着れば、その下に厳《いか》ついタトゥーがあるなどとは誰も思わないだろう。芹は彼よりも八歳下で二十七歳で、オメガとしては結婚はやや遅いほうだった。

「また寝過ごしてしまって。本当なら俺が朝ご飯用意しないといけないのに」

芹は下に弟が二人いる。両親はおらず、自分が彼らの親代わりだった時には、こんなことはなかったはずなのに。気が緩《ゆる》んでいるとしか思えない。

「別にそんなことはないだろう？　先に起きたほうがやればいい」

「でも」

「それに芹が起きられないのは俺のせいでもあるからな」

「――――っ」

尚史の言葉に芹は絶句《ぜっく》する。顔がカアッと熱くなるのがわかった。

「昨夜も可愛かった」

目の前で尚史がにやりと笑う。そういう顔をすると、昔の尚史の面影《おもかげ》が思い起こされた。

「そ、そういう、ことはっ……」

朝からそんなことは言わないで欲しい。否応なしに、昨夜の熱くて甘い時間を思い出してしまう。オメガの特性か、芹はひどく快楽に弱く、最中も簡単に理性を手放してしまう。だからその時に、どんな痴態《ちたい》を彼に見せているのかよくわからないのだ。

「芹はちょっと舐《な》めただけで、すぐグズグズになるからな。昨夜もたくさんイってくれて、俺は嬉《うれ》しかったよ」

「尚さん！」

思わず芹が制すると、尚史は芹の前で声を上げて笑った。

「すまんすまん、けどからかっているわけじゃないさ。俺の素直な感想だ。けどその分、お前は疲《つか》れただろう？」

「そういうわけでは……ないけど……」

正直、答えにくい。尚史との行為の後は、いつも半分気絶《きぜつ》するように眠りに落ちているからだ。

彼の優しい愛撫《あいぶ》に芹はいつも溺《おぼ》れてしまう。

「だからいいんだ。俺の責任でもあるしな」

そんなふうに言われて、尚史があまりに優しくて困る。幸せが大きすぎて、うまく受け止めることができない。

「それはそうと、今日の夜は外で食事しないか？」

「今日？」

「ついでにどこかに泊まろう。何か予定はあるか？」

「ううん。大丈夫だよ」

今日は夕方までかかるような仕事はなかった。

「わかった。じゃあ、お前が好きそうなところと部屋を予約しておくよ」

「ありがとう、尚さん」

　夕方に待ち合わせをする場所と時間を決めてから尚史は着替え、芹を軽く抱きしめてから出かけていった。朝食を作ってもらったので、片付けは芹がやる。尚史が手伝おうとしたので無理やりクローゼットに押し込んだ。

　昼近くになってから、メッセージアプリに連絡が入った。弟の巡《めぐる》からだ。

『一緒に飯食おうよ。マホも呼ぶ』

　芹は『了解』と返信して、昨日、尚史からもらった和菓子《わがし》を持っていくことにした。『弟達と食べろ』と渡されたものだ。

　実は芹と弟の巡、真幌《まほろ》は同じマンションに住んでいる。自分達は三人ともがオメガであり、今はそれぞれの番を見つけて結婚している。その時に互いの番達がどう相談《そうだん》したのか、同じ建物に住むという話になったらしい。それを知った時は驚いたが、弟達と離れるのも寂《さみ》しいと思っていたので、ありがたく思っている。

　ひとつ下の階の巡の部屋のインターフォンを押すと、巡ではなく、末の弟の真幌が出てきた。彼は芹より四つ年下で二十三歳だ。昔は陸上をやっていたので三人の中では一番活発《かっぱつ》だった。和風の顔立ちで、丁寧に作られた日本人形のようだ。

「こんにちは」

「いらっしゃい、芹兄さん」

靴《くつ》を脱いで家の中に上がる。先を歩く真幌が右足を僅《わず》かに引きずっているのに気づいた。

「マホ、足痛むのか？」

「ん？　うーん、最近、天気悪いこと多いだろ。たいしたことないよ」

真幌は振り返ると笑ってみせた。

彼は数年前に交通事故《じこ》に遭《あ》い、右足に大怪我《おおけが》を負った。幸いにも重大な後遺症《こういしょう》などは残らずに、日常生活には不自由がないくらいまでには回復したが、もう走ることはできず、こうして天気の悪い日が続くと痛みが走る。もちろんそれまでやっていた陸上は続けることはできなかった。オメガでありながらもアルファと対等にタイムを競っていただけに、彼の無念《むねん》はいかほどだったろう。けれど真幌は、芹達の前で一度も泣き言や恨《うら》み言《ごと》などは言わなかった。強い子だと思う。

だから真幌が自分達の中で一番早くに番を決め、結婚することになった時、芹は真幌の番である菱澤雅久《ひしざわがく》に感謝《かんしゃ》してもしきれなかった。雅久の前では、弱音《よわね》を吐けているといいのだが。

「あんまり無理してないで、つらかったら雅久君に言うんだぞ」

「大丈夫だって。あいつうるさいくらい過保護《かほご》だから。昨日もマッサージしてもらったし」

番の雅久は真幌と同級生であり、同じ陸上部だった。今はＷｅｂ系のプログラマーをしており、もうすぐ独立《どくりつ》する予定だという。アルファは大抵がビジネスでも成功を収めるので、こちらは心配するまでもないだろう。

ダイニングテーブルでは次男の巡が、鉄板の上で焼きそばを焼いていた。

「いい匂いだな」

「もうできるから座りなよ」

「これ、尚さんから」

そう言って芹がテーブルの上に紙袋《かみぶくろ》を置くと、覗《のぞ》き込んだ弟達が目を丸くした。

「これ、立天堂《りってんどう》のやつだろ。俺の知ってる最中《もなか》と違う」

「すっごいなー、さすが尚史さん」

「……ま、こういうところは気が利くかな」

巡の尚史に対する口調は少しつっけんどんだった。以前の出来事を考えれば仕方のないことではあるが、芹は少しも気にしていないのだから、やれやれと思うことがある。それでも、ずいぶん態度は和《やわ》らいだのだ。以前だったら尚史からの差し入れなど、こんなものはいらないとつっぱねられたことだろう。彼は『このほうが兄さんのためだから』などと言っていたが。

芹は巡の不器用さにおもわず苦笑した。

「さ、できたよ。食べよう」

各自の前に焼きそばが盛られた皿が配られる。三人で食べるというのに、ゆうに五人分はありそうだった。

「大智《だいち》がさ、この間、尚史さんとこの会社でお店使ってもらったみたいで、ありがとうって言ってた」

「そうなのか。わかった、伝えとく」

大智とは巡の番のアルファだ。飲食店をいくつも経営しており、こちらもやり手だ。

「お前、大智さんと仲良くやってるんだよな?」

巡の性格を考えると、どうしてもそんなことを聞いてしまう。彼はいい子なのだが、どうにも不器用というか、思っていることと反対のことを言ってしまう癖《くせ》があって、おまけに兄弟の中では一番気が強い。そのくせ繊細《せんさい》だったりする、いわゆる『めんどくさい』タイプなので、大智は手を焼いていやしないかと思うのだ。

「は?」

案《あん》の定《じょう》、巡は眉《まゆ》を寄せる。

「何言ってんだよ。そんなの兄さんが心配することじゃないよ」

「またそういう態度をとって。大智さんにわがままばかり言ってるんじゃないだろうな?」

「アルファなんて、番がわがまま言うくらいが嬉しいんじゃないのか」

「めぐ」

巡がぷいとそっぽを向いてしまったので、芹はため息をつく。巡は兄弟の中で一番華《はな》やかな顔立ちをしている。くっきりとした睫《まつげ》に縁取《ふちど》られた瞳《ひとみ》は黒々と濡《ぬ》れているようで、それがどこか危なっかしい印象を醸《かも》し出している。そんな弟を芹は密《ひそ》かに心配していた。

巡の番の大智は、尚史の四歳年下であるが、彼らは古くからの友人同士だった。ちなみに大智は、真幌と雅久と同じ高校の出身である。

大智は尚史の『悪い』時代を知っている。陽気《ようき》で軽妙《けいみょう》な男で、不器用な巡には合っているのかもしれない。彼が巡に猛《もう》アタックを繰り返しているのを見てきただけに。

「俺のことはいいよ」

巡は憮然《ぶぜん》として言った。

「兄さんのとこはどうなんだよ。新婚《しんこん》だろ」

「ああ、うん……」

自分のことを聞かれると芹は困ってしまう。気恥ずかしいのもあるが、少し気になっていることがあるのだ。

「え、何、あいつまた兄さんに何かしたの」

「違う違う」

芹は慌《あわ》てて否定《ひてい》する。

「尚さんはすごく優しいよ。優しすぎるくらい」

「……何か思うところがあるの？」

目を伏《ふ》せた芹に真幌がそう尋ねた。

「……何だろう。優しくされすぎてさ、本当にそれが尚さんの本心なのかって」

もしかして、矛盾《むじゅん》したことを言っているだろうか。弟達が顔を見合わせた。芹はハッとして笑みを浮かべる。

「でも、大丈夫だよ。楽しくやってる。めぐ達が心配するようなことは何もないよ」

「芹兄さん」

真幌が窘《たしな》めるような口調で言った。彼は一番末《すえ》っ子《こ》だというのに、妙に大人びた顔をすることがある。

「芹兄さんはいつも俺達のことばかりで、自分のことは後回しにしてるよね。でも、それってどうなんだろう」

「どうって…?」

「俺達に言えないのはいいよ。でも番の尚史さんには言ったほうがいいんじゃない? 運命の番なんだしさ」

運命の番とは、理屈《りくつ》では表せないような、出会えば絶対的に惹《ひ》かれ合う番同士のことだ。それがどういうものなのかはわからなかったが、芹は尚史と出会った時、強制的とも言える運命の力のようなものを感じた。尚史もそうだという。

そして、運命の番が発生した近くには、同じように運命の番が出来るという説があった。それを裏付けるように巡と真幌の番もまた、運命同士だという。彼らもまた、出会ってわかったと言っていた。後から考えると、あの感覚がそうだった、という。

「大智から聞いてもらおうか？」

友人同士であれば話も通りやすいだろう。巡は大智から、尚史に芹のことについて逆に聞いてみようかと言っているのだ。だがそこまで迷惑《めいわく》はかけられない。

「自分のことだから自分で解決するよ」

「……兄さんはいっつもそう言う」

巡が呆《あき》れたように息をついた。

「マジで頑固《がんこ》なんだから」

――――そういわれるほどに意志を強く持たなければ、やってこれなかったから。

自分達兄弟の両親はごく平凡《へいぼん》なベータだった。家系のどこにもアルファや、ましてやオメガなどもいない。それなのに自分達の息子が三人続けてオメガだったというのは、まさに運命の悪戯《いたずら》としかいえなかっただろう。

オメガの子は育てづらい。世間の偏見《へんけん》という目もある。それでも思春期を迎えるまでは普通の子供と大差なく育つのだが、芹が最初の発情期《はつじょうき》を迎えて専門機関に保護された後、両親は芹達を育てることを放棄《ほうき》してしまった。

そして悲しいことに、こういったことはめずらしいことではない。両親がベータという場合には、よく起こる悲劇《ひげき》だった。

自分達は施設《しせつ》で育ち、芹は弟達の親代わりになるべく奮闘《ふんとう》した。政府から出る保護費だけでは心許《こころもと》なく、また弟達にできるだけのことをしてやりたかったので、芹はあらゆるバイトをした。

その中で性《しょう》に合ったのが花屋の仕事で、今もフラワーコーディネーターの仕事をしている。

尚史と出会ったのも、その仕事をしている最中だった。

尚史と初めて身体を繋《つな》げたのは、芹が花屋の配達の仕事をしている時だった。

「ええと…、次は『BAR FRANCESCA』。ここで最後か」

芹は車の中で配達先を確認した。

地図アプリで場所を見ると、その店は繁華街《はんかがい》にあるようだった。夜ともなれば客引きが出て、風俗店《ふうぞくてん》なども軒《のき》を連ねるような場所だ。芹の頭の中にちらりと警告《けいこく》の信号が灯《とも》る。

（でも昼間だし、大丈夫だよな）

オメガがそういった場所に行くのは危ないとされていた。アルファだけではなく、悪意を持ったベータにも性的な目で見られることがある。ベータからオメガへの強姦事件《ごうかんじけん》は何件も起きていた。その他にもオメガを拉致《らち》し、風俗や売春などを強要するという犯罪《はんざい》も起きている。

だが、要はオメガだとバレなければいい。花を置いてくるだけだ。すぐに車に戻ればいい。

今働いているフラワーショップは時給がよかった。この地域は行けませんなどと言って心証《しんしょう》を悪くしたくない。そんな考えもあった。

芹は車を降り、後ろの荷台から、ひと抱《かか》えもある花の鉢《はち》を両手で持った。エレベーターを使って三階まで上がる。

店名を確認して、ドアを開けた。

「こんにちは。お花のほうお届けにあがりました」

そう言って店の中に入る。紫と黒がメインの内装《ないそう》はゴージャスで、ぎりぎりセンスがいいほうに傾《かたむ》いていた。芹は店の雰囲気に圧倒《あっとう》されながら人が出てくるのを待つ。

やがて奥のほうの扉が開き、誰かが出てきた。男だ。それもかなり背の高い。

男はタンクトップの上から袖《そで》を通さずにシャツを羽織《はお》っていた。二の腕に彫られたタトゥーが見える。男ぶりはかなりいい。

(アルファだ)

芹は直感的にそう思った。まずいだろうか。

(大丈夫だ。薬も飲んでるし、サインもらってすぐ帰れば)

「ご苦労さん。そこに置いといてくれ」

「は…はい。ありがとうございます。受け取りのサインをお願いいたします」

芹は伝票《でんぴょう》とペンを手渡す。男がそれにサインをした。伝票を返してもらう時に、互《たが》いの手が少し触れる。

「――――!」

その瞬間、電流に貫《つらぬ》かれたような感覚がした。目の前がぐらりと揺《ゆ》れて、足元が覚束《おぼつか》なくなる。そしてそれは、男も同じだったようだ。

「……お前、はっ……！」

男は顔を歪《ゆが》め、食らいつくような目で芹を捕《と》らえる。男の手が伸びてきた。逃げなければ、と思うのに身体が動かない。

「お前っ……！」

「あっ……！」

男の呼吸が荒《あら》かった。腕を強く摑《つか》まれて引き寄せられてしまい、厚い胸板の中に抱きすくめられる。その瞬間、下半身が濡れる感覚がした。

「え、あ……っ⁉」

発情期はまだ先のはずだ。それなのに、この男に触れただけで、どうしてこんなに反応してしまうのか。

「くそっ……！」

男は芹を店のテーブルの上に組み伏せた。視界がぐるりと回り、次に男が覆《おお》い被《かぶ》さってきた時、さすがに危機感《ききかん》を覚える。だが、身体から砂《すな》が流れるように力が抜けていって、どうにもならない。

「や、やめっ…、やめて、くださいっ！」

「うるさい…、おとなしくしてろ」

強引に衣服を剝《は》がれる。犯《おか》される、という予感が現実のものとして迫《せま》ってきた。おそらく自分のフェロモンがアルファである彼を刺激《しげき》してしまったのだ。男はどう見てもラット状態になっている。急激なオメガフェロモンに当てられ、理性をなくして凶暴化《きょうぼうか》している状態《じょうたい》だ。

「お前はいったい何だ…！　何だってそんな匂《にお》いをさせている」

男は呻《うめ》くように言うと、噛《か》みつくように芹に口づけてきた。

「んん、んうう…っ」

芹はまだ男に抱かれたことはない。口づけもこれが初めてだった。オメガとして生まれて、いずれは自分も番を見つけて、その相手と添うことになるのだろうか、ということはぼんやりと思っていた。だがそれがこんな形で訪《おとず》れることになるとは。

「ん、く、～～っ」

口の中に捻《ね》じ込まれるように這入《はい》り込んでくる肉厚の舌。それが強引に絡《から》んできた時、びくびくと身体がわななないた。腰の奥に気持ちのいい感覚が走る。キスだけでこんな。

「んあ、あ、ア」

だがそれは相手も同じらしかった。下腹部にあたる男のものが膨張《ぼうちょう》し、岩のように硬《かた》くなってくるのがわかる。

「あ……うっ」

大きな手で顎《あご》を摑まれ、こじ開けられた口の中を好き放題に蹂躙《じゅうりん》された。ぴちゃぴちゃと舌が絡み合う度に、芹は何も考えられなくなってゆく。

「はあ、ああ……っ」

みっともない喘《あえ》ぎ声が漏《も》れる。はだけられた胸に食らいつくように口づけられ、首を噛まれることに怯《おび》えて肩を竦《すく》めた。だが男はそれはしなかった。そのかわりに、胸の上でぷつんと立っている突起《とっき》にむしゃぶりつく。

「んん、ああっ」

ぢゅうぢゅうと音を立てて吸《す》われ、鋭《するど》い快感《かいかん》が体内を貫いた。発情期の時に自分で慰《なぐさ》めたりもするが、そんなものとは比べ物にならない感覚《かんかく》だった。

熱く濡れた舌先で尖《とが》った突起を転がされ、吸われる。身体中がぞくぞくと震えてたまらなかった。

「あ、あっ、あううんんっ…、だ、だ、め、やっ…！」

頭の中がぐちゃぐちゃだった。抵抗しなければ、という意識はあるのに、どうにでもして欲しいという衝動《しょうどう》がそれを上回る。

「な…っ、んんっ、どうして、こんな…っ、あっあああっ」

乳首を吸われる度に腰が動いた。内奥がきゅうきゅうと引き絞《しぼ》られるように収縮《しゅうしゅく》を繰り返す。

「大人しく喘いでいろ」

もう片方の突起も指で強く摘《つ》まれた。その瞬間、芹の体内を凄《すさ》まじい快楽《かいらく》の奔流《ほんりゅう》が駆《か》け巡る。

「んぁあっ、あっ、あっ、あっ、――――…っ！」

大きく仰《の》け反《ぞ》った身体がびくんびくんと痙攣《けいれん》した。反り返ったものの先端《せんたん》から白蜜が噴《ふ》き上がる。

「は……っ、あ……っ」

信じられない。こんな。

芹は自身の肉体に起こる反応に恐怖さえ感じた。だが男は、そんな芹の両脚を大きく広げると、白蜜で濡れた股間《こかん》を凝視《ぎょうし》する。

「え、あっ！」

羞恥《しゅうち》とそれを上回る興奮《こうふん》に身体が燃え上がる。その脚の間に、男の頭が沈《しず》み込んでいった。

「んうぅっ…！」

濡れてそそり立つ肉茎をぞろりと舐《な》め上げられる。男は芹が放った白蜜を執拗《しつよう》に舐めとるように舌を這わせていった。これまで感じたことのない快感に、びくびくと腰が跳《は》ねる。それを上から押さえつけられ、芹の肉茎は男の舌に蹂躙されていった。

「…っあっ、あぁあっ…！」

剝き出しにされた粘膜《ねんまく》を舌先で舐め回されると、頭の芯《しん》が痺《しび》れたようになる。甘苦しい快感に下半身を支配された芹は、テーブルの上で何度も背中を仰け反らせた。

「んあっ、くうう――…っ」

　ぬるり、と全体が包まれて、自分の肉茎が男の口の中にすっぽりと含《ふく》まれてしまったことを知った。男の熱い舌がねっとりと絡みついてくると、思わず泣き喚《わめ》きたくなるほどの刺激が襲ってくる。腰が熔《と》けていく。

「や、やぁあっ、んあ、あぁあ」

　音を立てて肉茎が吸《す》われていた。芹は上半身をのた打つようにして悶《もだ》える。口の端《はし》から唾液《だえき》が滴《したた》っていった。

（イく、イくっ）

　もう、少しも我慢などできない。芹は腰を、ぐうっと持ち上げ、男の舌が導くままに絶頂に駆け上がっていった。

「あぁ…あっ、～～～～っ！」

　男の口の中に為《な》す術《すべ》もなく放たれていく蜜液。無力感に打ちのめされるも、オメガの性《さが》なのか、芹の肢体《したい》は悦《よろこ》びに震えていた。男はそれをためらいもなく飲み下し、芹の双丘をさらに押し広げてくる。

「っ」

　ほどなくして最奥の窄《すぼ》まりに灼熱《しゃくねつ》の先端が押しつけられた。まだ微《かす》かに残った理性が抵抗しなければ、と訴《うった》えているのに、身体の方は待ち望んでいる。やがて肉環をこじ開け、猛々《たけだけ》しい男根が無遠慮《ぶえんりょ》に押し這入ってきた。

「あぁぁああ」

芹の喉《のど》から嘆《なげ》くような悲鳴が漏れる。その瞬間に芹はまた達してしまっていた。

「ふぁあっ…、あ、あっ、ああっ！」

男のものが容赦《ようしゃ》なく内部を擦《こす》り上げる。誰かに抱かれるのは初めてだというのに、芹の肉体はいっさいの苦痛を感じなかった。そこにあるのは暴力のような快楽だけだった。

「ひ、うぅ――…っ」

ずうん、と奥まで貫かれ、脳天まで快感が突き上げる。それだけで芹はまたイきそうになった。肉洞いっぱいに咥《くわ》え込んだ男のものを締めつけ、嬉しそうに奥へと誘《さそ》い込んでいく。

「はあっ、あっ、ん―――んっ」

絶《た》え間《ま》なく喘ぎを漏らす口を塞《ふさ》がれて、また強引に舌を吸われる。微かに自分が放ったものの味がして、それすらも芹をひどく興奮させた。自分から顔を傾けて男の舌を夢中で吸い返し、その律動《りつどう》に合わせて腰を揺らす。

「んん、あ…っ、あ、アっ、ああっ、ま、ま…たっ、―――〜〜っ！」

内奥で男のものが一際《ひときわ》大きく膨《ふく》れ上がり、どくどくと脈打《みゃくう》つ。次の瞬間、体内を熱い飛沫《しぶき》で満たされた。

「ぐ……っ！」

耳元で男の短い呻きが聞こえる。その瞬間、まるで自分と男がひとつになって炎《ほのお》に包まれた

ような感覚に襲われるのだった。


ギシ、ギシッ、とベッドの軋《きし》む音が部屋に響《ひび》く。

「あ、ん…あっ、ああっ」

芹は汗《あせ》ばんだ裸体《らたい》をシーツの上で悶えさせていた。店の中で男に犯されてから、彼は茫然自《ぼうぜんじ》失《しつ》となった芹を、おそらく自分の部屋に連れて来て、昼となく夜となく犯し続けている。

身体はもう限界なはずなのに、芹の肉体はいくらでも男を受け入れていた。

今は横向きに抱かれ、片方の脚を持ち上げられて後ろから男のものを挿入されている。背後から回されている男の指は乳首を弄《もてあそ》んでいた。

「んぁあ、あ、あ…っ、お、奥、許し、て…っ」

「痛いのか?」

「ち、違、お、おかしく、なる…っ」

必死でそう告げると、男が背後で笑う気配がする。

「気持ちいいならいいだろう」

男はわざと深くまで挿入して、ぐりぐりと奥を抉《えぐ》った。

「ひ、ひ…っあぁあぁ…っ」

強すぎる快感に、芹は啼泣《ていきゅう》しながら首を振る。

あれからどれくらいの時間が経っているのだろう。仕事先にも何の連絡もしていない。弟達も心配しているだろう。けれどスマホを車の中に置いてきてしまったので、それも叶《かな》わない。うまく働かない頭でぼんやりとそんなことを考えていると、よけいなことは考えるなとばかりに乳首を強く摘まれた。

「あっ、あっ！」

その刺激に体内のものを強く締めつけてしまい、奥を抉る律動が小刻《こきざ》みになる。

「は、ひ…ぃ、あ、は」

(気持ちいい)

こんな目に遭っているのに、芹は多幸感《たこうかん》すら感じていた。初めて会った、名前すら知らない男に犯されているというのに。

男もまた尽《つ》きることのない体力と精力で芹を貪《むさぼ》り続けている。アルファというのは皆こうなのだろうか。

そんな疑問もすぐにかき消えてしまって、芹はもう数えることをやめた極みへと、また追い上げられるのだった。

芹は三日三晩監禁《かんきん》された後、急に正気に戻った男によって解放され、弟達と住むアパートに帰っていった。

「――兄さん！」

「どこ行ってたんだよ！　心配してたんだぞ！」

「ごめん、心配かけて……」

駆け寄ってくる弟達に対して、芹はなるべく平静を装《よそお》ってみせる。だが身体の倦怠感《けんたいかん》はひどく、それは難しいことだった。

「何があったの？」

巡が厳《きび》しい顔をして詰《つ》めてくる。

「三日も連絡がとれないって、どういうことだよ。兄さんの仕事先から電話かかってくるし……」

男に監禁されてしまったのが原因で、芹は仕事を失ってしまった。三日も連絡なしで行方《ゆくえ》を断ってしまったのだ。当然だと思う。それでも、フラワーショップの店長は、芹を責めたりはしなかったのだ。ただ、「今後もこういうことがある可能性があるから」と言って、芹に退職を勧《すす》めた。芹は拒否《きょひ》することはできなかった。仕事先に迷惑をかけてしまったのは事実なのだし。

「実はね」

弟達に隠《かく》しておくことはできない。彼らがそんな目に遭わないよう、注意を促《うなが》しておかなくては。そう思って、芹はこの三日間で起きたことを一部始終話した。

真幌は絶句《ぜっく》し、巡は怒りでわなわなと唇を震わせる。

「なんっ…だよ、それ！」

巡は拳《こぶし》を強く握りしめて理不尽《りふじん》だと訴えた。

「兄さんは何も悪くないのに、ただ仕事してただけなのに、オメガだからってそんなひどいことされて、おまけに三日も帰してもらえないって、そんなのひどすぎるだろ！」

目に涙《なみだ》を溜めて怒る巡に対し、この子は本当に優しい子だと思う。

「泣き寝入りすることないよ。警察《けいさつ》に言わないと」

「めぐ兄さん、それはダメだよ」

それまで黙《だま》って話を聞いていた真幌が、巡を窘めるように言った。

「なんでだよ！」

「……オメガのフェロモンに誘発《ゆうはつ》されてアルファが暴行に出た場合、オメガ側の有責《ゆうせき》にされるんだ。習っただろ」

真幌の言う通りだった。この場合、芹が悪いことになるのだ。

「そうだよ。俺が悪い。俺が不注意だったから」

「……そりゃ、法律はそうなってるけど……！　でも、おかしいだろそんなの！」

「いいんだ。だからお前達は気をつけて欲しい。相手のアルファの人も、そこまで悪い人じゃなかった。首を噛まれなかったから。そこはこらえてくれたんだ」

こういった場合、アルファが衝動のままにオメガの首筋を噛んで番にしてしまうことがままある。だがそんな経緯で出来上がった番同士など、うまくいかないことが多い。結局はアルファが番を解消して、オメガが放り出されることになるのだ。

番を解消されたオメガがどうなるか。フェロモンや発情を抑《おさ》える薬もあまり効かなくなり、一生苦しんで生きることになる。それで自ら命を絶ってしまうオメガもめずらしくはないのだ。

「……なんでアルファがそんなに偉《えら》いんだよ。あいつらどこまでも俺達オメガの頭を押さえて生きてるんだ」

「仕方がないよ」

「仕方なくねえよ‼」

「めぐ兄さん、芹兄さんにそんなこと言っても、それこそ仕方ないよ」

真幌に言われ、巡はハッとした。

「……ごめん」

「ううん、めぐは間違ってない」

巡が怒るのも無理はない、と芹は言った。

「ただ俺達はアルファの意志を奪《うば》ってしまうのも確かだ。だからこんな目に遭っても仕方ないとは言えないけど……。でも現状、呑《の》み込むしかないいんだと思う」

芹もまた、そう言うことで自分を納得させようとしていた。それが弟達にも伝わったのか、巡ももう何も言わなかった。

「事故に遭ったんだ、と思うよ」

それも、こちらが加害者《かがいしゃ》にされるのはやるせないが。

だがいつまでも嘆いてはいられない。弟達を食べさせるために芹は働かなくてはならない。末の弟の真幌は半年ほど前に事故に遭い、まだ右足を引きずっている。その治療のためにも仕事は必要だった。

正直、身体はまだ違和感《いわかん》があったが、そうも言っていられないだろう。

（明日から動こう）

芹はそう決意した。

だがその夜、芹達のアパートに訪問者があった。

「……あなたは」

「急に押しかけてしまって、すまない」

玄関に立っていたのは、昨日まで芹を犯していた男だった。だが今はきちんとしたスーツを身につけている。そんな格好《かっこう》をしていると、ビジネス街で働いている実業家のようだった。

「まだ名乗ってもいなかったな。俺は久保田尚史という」

久保田と名乗った男は名刺《めいし》を差し出した。男はどうやらイベント会社を経営しているようだった。

「あの店は、友人と共同経営している店だ」

「そうなんですか」

どう答えていいかわからず、芹は名刺を手にしたまま間の抜けた声を漏らした。すると様子を窺《うかが》っていた弟達が出てくる。どうやらこの男が芹を強姦《ごうかん》した張本人《ちょうほんにん》だと認識したようだった。

「お前か！　兄さんにひどいことをしたのは！」

巡は今にも男に飛びかかりそうに語気を荒げる。

「めぐ、よせ」

「めぐ兄さん、落ち着きなよ」

男は芹と弟達を見比べると、「君の弟か」と聞いた。

「すぐ下の弟と、末の弟です」

「お前、よくも、よくも顔を出せたな。これ以上、兄さんに何かしたら、ただじゃおかないからな！」

芹は、男が気を悪くするのではないかと思った。芹とて弟に手出しをされたら黙ってはいない。巡達を背後に庇《かば》うように男を見上げた。

「まだ何か御用ですか」

「……謝罪《しゃざい》に来た」

「え」

神妙《しんみょう》な顔をしてこちらを見下ろしている男に、芹は一瞬、虚《きょ》を衝《つ》かれた。まさかそんなことになるとは思ってもみなかったのだ。

「ふざけるな！」

怒気《どき》を露《あら》わにしたのは巡だった。彼は芹を押しのけて前に出ると、あろうことか男の顔を拳で殴《なぐ》った。

「――――巡！」

芹は慌てて弟を引き剝がす。

「あの、すみません――、大丈夫ですか？」

「どうして謝るんだよ！　一発殴ったくらいじゃ、そいつが兄さんにしたことと全然釣《つ》り合わないだろ！」

「だからといって、いきなり殴ったりしたらダメだ」

殴って済む問題でもないし、法で裁《さば》かれれば悪いのは芹の方だ。

「いや――、弟さんが正しい」

だが、男はそんなふうに言って巡を庇った。

彼はあえて避《さ》けもせずに巡に殴られた。アルファの彼にしてみれば、年下のオメガに殴られたからといってどうと言うこともないのだろう。よく鍛《きた》えられた体軀《たいく》を持つ男は、荒事《あらごと》にも長《た》けているように見えた。

「ひどいことをしたと思っている。理性のコントロールを失っていたとはいえ、ああいう形で行動に出るべきじゃなかった」

男は一歩引くと、玄関の土間に膝《ひざ》を突く。

「え――」

「すまなかった。許して欲しいとは言わないが、謝らせて欲しい」

彼は土間に両手を突き、頭を深く下げてそう言った。

「や、やめてください」

芹は人に土下座をさせて喜ぶ趣味はない。

「顔を上げてください。あなたの謝罪を受け入れます」

男はゆっくりと顔を上げて芹を見つめた。その瞳と視線がかち合うと、胸の奥が苦しくなる。

これはどういう反応なのだろうか。強引に犯された事実が影響《えいきょう》しているというのなら、ざわつきと同時に感じるこの甘さは何だろう。

「ありがとう」

彼はゆっくりと立ち上がると、携《たずさ》えていた紙袋を芹に手渡した。

「たいしたものじゃないが、受け取ってくれ。今度は皆で食べられるものを持ってこよう」

そう言うと彼はもう一度頭を下げ、芹達の部屋を辞した。

紙袋の中には、老舗《しにせ》の高級肉屋の牛肉が入っていた。

「うわ、すごい良さそうな肉」

真幌が袋を覗き込んで呟《つぶや》く。

「こんなもので誤魔化《ごまか》されたりしたらダメだよ、兄さん」

「うん…」

弟達の声に、芹はどこか上の空で返した。

アルファはプライドが高いというのが世間の通説だった。自身の能力に誇《ほこ》りと自信を持ち、相手にへりくだったりするような人種ではないと。

それなのにあの人は、土下座までして謝ってくれた。

「めぐ兄さんも毒気《どくけ》を抜かれたんじゃない？」

「まあ…、あそこまでして謝るとは思ってもなかったけどさ」

でもやっぱりアルファは嫌いだ。そう弟は続けた。

俺はどうだろう。

別にアルファは嫌いではない。

理不尽なことが多い世の中だけど、絶望的というわけじゃない。それに、芹があんな目に遭っても、立ち直れないほど精神的ダメージを受けていないのは、おそらくあの男のことが嫌いではないからだ。

芹はもらった名刺を見返す。

久保田尚史。

彼の名前を、芹は舌の上で転がすように繰り返した。


「――――五件目もダメか」

採用《さいよう》を見合わせるという連絡をもらって、思わず弱音《よわね》を吐きたくなる。

やはり次も花を扱《あつか》う仕事がいい。そう思って、目についたフラワーショップの求人に手当たり次第応募《おうぼ》してみたが、芹がオメガだと知ると返事は渋《しぶ》いものだった。前のところだって、やっとの思いで採用してもらったのだ。

「――いや、大丈夫」

東京に花屋が何軒あると思うのだ。そのうちきっと見つかる。

だが、そのうちと言っていられるほどの猶予はあるだろうか。今でさえ、かつかつでやってきたのだ。来月になれば、また家賃や他の支払いも発生する。

それを思うと、急激に不安が押し寄せてきて、思わずため息が漏れそうになった。

その時、スマホが着信を知らせる振動を始めた。もしかしたら、採用の連絡かもしれない。

「――はい、立花です！」

『久保田だが』

聞こえてきた声に、芹は一瞬黙り込んだ。

『久保田、尚史だが。この間は突然押しかけてすまなかった』

「…あ、ああ…！」

あの人だ。芹は驚いて息を吐き出す。今、ふと胸の裡《うち》で嬉しいと思わなかったか？

『迷惑かもしれないが、明日あたり食事でもどうだろうか』

「え？」

『いや、もうあんなことはしない。約束する。ただ、どうしても、もう一度会いたいと思ったんだ』

「……」

この人は今、芹に会いたいと言ったのか？ どうしてだろう。彼ならばどんなオメガでも、あるいはアルファだろうと選び放題なのではないだろうか。

「……どうしてですか？」

『え？』

「何もしないなら、どうして俺と食事したいなんて思うんですか？」

『それは』

電話の向こうで、男が一瞬声を詰まらせた。

『……君に会いたいんだ。それ以外の理由はない』

「――――」

今度は芹が絶句する番だった。

結局、夜は弟達が心配するからと言って時間帯は昼間にしてもらった。彼は快《こころよ》く承諾《しょうだく》してくれた。

「来てくれて、ありがとう」

「いえ……」

　待ち合わせのカフェに現れた彼は、先日のような、かっちりとした格好《かっこう》ではなかったが、カラーシャツにジャケットという姿だった。店での輩《やから》のような姿とは違った雰囲気に、なんだかどぎまぎする。

　男は芹と顔を合わせると、少し気まずそうに問いかけた。

「俺と二人っきりになりたくなかったり…するか？」

「えっ？」

「いや、個室を予約してしまったものだから」

　そういったことを気にしてくれたことが意外だった。あの時は、自分のフェロモンのせいでおかしくなっていただけであって、本来の彼はいい人なのかもしれない。

　そんなふうに思ったら、また巡に怒られてしまうだろうか。

「……大丈夫だと思います」

　そう言うと、彼はあからさまにほっとしたような様子だった。

　どうしてそんな顔をするのだろう。彼からしてみれば、自分のようなオメガなど、たいした存在ではないだろうに。

　連れて行かれた店は中華の創作料理屋だった。芹の前には名前もわからないような料理が出されたが、それらは中華のわりに、さほど油っこくなく、とても美味だった。

「口に合うか？」

「こんなの食べたことないですけど、すごく美味しいです」

そう答えると、彼は嬉しそうな顔をした。

「ならよかった。俺はこういう店には疎《うと》くてな…。友達に教えてもらった」

それはそうと、と彼は続ける。

「急に呼び出してしまったが、仕事は大丈夫だったのか？」

「ああ、いいんです。今、無職なので」

「は？」

誤魔化すのも変だと思い、芹は正直に話した。

「この間の件で、三日も無断欠勤した形になってしまったので、まあ、クビといいますか……。というか、俺がオメガだったことが原因なんですけど。この先も、もしかしたらこういうことがあるかもしれないからって」

「……」

男は絶句しているようだった。それからまた「すまない」と頭を下げる。

「……もう、済んだことですから」

「君はどうして俺を責めないんだ？」

「え？」

聞かれて、そういえば、どうしてなのだろうと思う。今こうしてここにいるのだって、断ることだってできたはずだ。

「どうしてですかね……」

芹は首を傾げる。

「確かに、弟達が泣いて怒るほど、ひどいことをされたのかもしれません。あの状態で法的に責があるのは俺のほうだとわかっていても、納得できないところはありました」

「……当然だ」

「でも、わざわざあなたは来てくれて、きちんと謝罪してくださった。法律がどうこうじゃなくて、あなたの謝りたいという気持ちが伝わったので、もういいかなと思ったんです。それとあの時、あなたは俺の首を噛まなかった」

「それは……、それだけはしてはダメだと思った。言い訳に聞こえるかもしれないが、そのせいで、その他の行動が抑えられなかったのだと思う」

「そうですね。アルファに番にされた後、一方的に解消されたら、オメガの人生は『詰み』ですから」

「……返す言葉もないよ」

だが、と男は続けた。

「もしも俺が、無理やり君を番にしたとしても、それを解消することはないと思う」

「仮定の話はよしましょう」

芹が小さく笑って言うと、男は表情を曇《くも》らせたように見えた。だが、すぐにまた目線を上げて芹を見つめる。その視線の強さに、あの時の男を思い出して、今度は芹が耐《た》えられずに目線を逸《そ》らした。

「君の働き口は、俺が責任を持って紹介する。ちょうど知り合いに花を扱っているところがいくつかある」

「そこまでしていただくわけには」

「何を言っている。俺のせいで働き口をなくしたんだろうが。弟さん達のためにも、俺の話は受けたほうがいい」

「……」

確かに男の言う通りかもしれない。生活のためを思うと、妙な意地を張っている場合ではないのだ。

「……では、そちらはお言葉に甘えます。よろしくお願いします」

「了解した」

男が微笑《ほほえ》む。それから彼は居住まいを正した後、続けた。

「それから、こちらが本題だ」

「他に何が…？」

謝罪もしてもらったし、働き口も紹介してくれるという。他に自分に何か言うことがあるのだろうか。

「こんなことを言えた義理じゃないのはわかっている。その上であえて君に申し込む。俺と番になってくれないだろうか」

「……え――……？」

その瞬間、周りの音が聞こえなくなって、彼の声だけが残ったのをよく覚えている。

（そういや、あの時の待ち合わせのカフェ、ここだったっけ）

以前のことを思い出した芹は、懐《なつ》かしさに口角を上げる。

（そんなに大昔のことでもないのにな）

尚史と番になって、結婚して、今、芹は幸せだと言える。大事にしてもらっている自覚もある。そう、それはそれは大事にしてもらっているのだ。

番になってくれと言われた時は、それは驚いてその場では断ってしまったが、彼は諦《あきら》めなかった。その熱意に根負けして、と尚史は思っているかもしれないが、多分、芹も好きだったのだろうと思う。今はそれがわかる。

運命だったからとか、そういうのはよくわからないが、彼は最初から芹に対して誠実だったのだ。

入り口のドアが開いて、店内が密《ひそ》やかなざわめきに包まれる。見なくとも芹にはわかった。尚史が来たのだ。

「ちょ、あの人ヤバくない？　絶対アルファだよね」

「信じらんないくらい、かっこいい……」

周りのそんな声も視線も、一切無視して彼はまっすぐにこっちに向かってくる。

「あれ番かな」

「じゃない？　じゃ、あの人オメガなんだ」

「へえー、初めて見た……」

「やっぱ綺麗なんだね」

自分のことを言われると、少しいたたまれなくなってしまう。こちらにも向き始める視線を気にしないようにしていると、尚史がやってきた。

「すまん。待ったか？」

「全然待ってないよ。お疲れ様」

芹は小さく微笑んで尚史を見上げる。彼は手に持ったドリンクをテーブルに置くと、芹の前に座った。

「変な奴らに声かけられたりしなかったか？」

「大丈夫だよ。そうそうそんなことは起きない」

「俺みたいな悪い奴がいるかもしれない」

彼は軽口のつもりなんだろうが、こういうのは反応に困ってしまう。それとも真面目《まじめ》に言っているのだろうか。

番になっても、まだ尚史のことはわからないことだらけだった。

「予約の時間だし、そろそろ行くか」

芹のドリンクのカップが空《から》になったのを見て、尚史は立ち上がる。外に出ると街中はもう暗くなっていた。冬が始まるな、と思い、芹はアウターの襟《えり》を合わせる。

「寒いか？」

そんな小さな仕草にさえ気づいて、尚史は声をかけてくれた。嬉しさとくすぐったさに胸が温まる。

「大丈夫だよ」

「……お前はいつも大丈夫だと言うな」

尚史は肩を竦めた。

「もっと甘えて我《わ》が儘《まま》を言ってくれてもいいものを」

「充分、甘えてるよ」

番にしてくれて、一緒に住んで、こうして二人で連れ立って出歩ける。それだけで芹にとっては幸せだった。

「…そうか。じゃあ、手を温めよう」

大きな手が差し伸べられる。往来の中でのそれに芹は一瞬ためらったが、思い切って彼の手を握《にぎ》った。尚史の手は熱かった。

「どうしてそんなに熱いの？」

芹は笑いながら言う。

「さあな。きっとお前の湯たんぽになれるようにだろ」

これまで生きていくのに必死で、誰かとこんなふうに手を繋いで歩くなんて思ってもみなかった。弟達と手は繋いだけれど、それとはまた違う。

今日の店は何度か来たことのあるイタリアンだった。比較的カジュアルな雰囲気の店で、芹も気を遣わなくて済む。ここの蟹《かに》のパスタが芹のお気に入りだった。ワインも色々あるが、詳しくないので勧められたものをグラスに注《そそ》いでもらう。

「贅沢《ぜいたく》な時間だよ」

ふいに尚史がそんなことを呟くので、芹は首を傾げた。彼ならばもっと高級な店で食事をすることもあるだろうに。

「お前と二人でこうして酒が飲めて飯が食える。俺にとっては何よりのご馳走《ちそう》だ」

「……うん。俺も」

こうして言葉にしてくれることも嬉しい。だが、尚史は次に予想外のことを言い始めた。

「本当か？」

「え？」

「本当にそう思ってくれているか？」

「……本当だよ。思ってる」

戸惑《とまど》いながら告げると、彼はそうか、と苦く笑う。

「どうしてそんなことを聞くんだ?」

「お前は俺のことを許してくれていないんじゃないかと、未《いま》だに思うことがあってな」

「……まだそんなこと言ってるの」

思わずそう返してしまったが、あの出来事は尚史の中に相当、根深く後悔となって残っているようだった。

「とっくに許してる。そうでなかったら、番になんてなってない」

「そうだな。すまん」

芹の言葉に、尚史は気を取り直したように声の調子を変えた。

「けど俺は、あのことを忘れたらいけないと思っている。お前が忘れると言ってくれるのはいい。だが俺はダメだ」

「尚さん……」

「お前のことを幸せにしたい。俺はそれをずっと考えている」

テーブルの上に置いた手の指先に、尚史のそれがそっと触れる。それだけで芹の身体は浅ましくも熱くなってしまった。

彼の指先が、芹の指をそっとなぞる。

「尚さん、ダメだよ、そんなことしたら……」

「どうしてだ？」

優しい動き。それは芹の中の官能の波を狂《くる》おしくかき立てる。

「したく、なるから……」

芹は恥ずかしさをこらえて小声で告白した。欲望を抱えているのは彼だけではないのだと伝えるために。

「……じゃあ、移動しようか」

尚史の瞳の中にぎらついた光が現れる。芹はそれを見るのが好きだった。だが彼は大人の表情をたちまち纏《まと》って、その光を覆い隠してしまう。もっと見せてくれればいいのに。そんな芹の思いが、いつか伝わることを願いながら、席を立つ彼に倣《なら》うのだった。

「……んっ、ふ…っ、ふふ…っ」

「こら、大人しくしていろ…。洗《あら》えないだろう？」

浴室の中に、芹の湿《しめ》った声と尚史の低い声が響く。頭上からはミストシャワーが霧雨《きりさめ》のように降り注いでいた。

「だっ…て、こんなの、くすぐったいよ……」

尚史は泡立《あわだ》てたソープで、芹の身体を素手《すで》で丁寧に洗っている。彼の指は優しすぎて、芹にはくすぐったくてならないのだ。際《きわ》どい場所に指が触れる度に、びくびくと反応してしまう。

「……困ったな。俺は洗ってるだけなんだが」

「は、あ、あ、ふっ…」

泡をまとった尚史の指が、芹の脚の付け根を滑《すべ》り、際どい場所を擦り上げる。同時に双丘の狭間《はざま》にも反対側の指が忍び込んで来て、後孔のあたりを軽く撫《な》で上げた。

「っ、あ、ア……っ」

芹は尚史の腕の中で身を捩《よじ》る。甘い快感が下半身を支配して、軽くイってしまった。はあ、はあと息をつく芹の目元に尚史が軽く口づける。

「可愛いな」

「ん、ん…」

唇が重なり、柔《やわ》らかく啄《ついば》まれた。舌を吸われると両脚が、がくがくと震えてしまう。

「ん、あ、も…っ、立って、られな……っ」

「ああ、わかった。ベッドに行こう」

尚史は手際《てぎわ》よく互いの身体についた泡をシャワーで流し、ミストを止めてから芹をタオルで拭く。それから抱き上げられた芹は、ベッドまで運ばれ、丁寧に降ろされた。

「芹」

「……っ」

名を呼ばれ、思わず両腕を伸ばす。裸《はだか》の尚史が覆い被さってきた。肩に刻《きざ》まれたドラゴンのタトゥー。触れると熱い。

「ん、あ…っ」

重ねる角度を変えながら何度も口づけを交わす。舌を吸って欲しくて芹はそれを突き出した。尚史の口の中に招かれ、何度も舐め上げられる。

「んんう……」

呼吸も奪うように激しく、舌根が痛むほどに吸ってくるような口づけは、彼はもうしない。そのかわりに蕩《とろ》けるように口の中を愛撫される。それは確かに芹に快感をもたらした。

(……でも)

尚史が自分を気遣ってくれている抱き方が、どこか切なかった。もっと荒ぶるままに欲望をぶつけてきてくれてもいいのに。

あの時みたいに。

「はあっ、あぁっ」

けれど、もっと好きに振る舞って欲しいと思いながらも、全力で芹に快楽を与えようとしてくれている尚史の手管《てくだ》に悦《よろこ》ばされてしまう。芹はそんな自分を浅ましいと思った。それがオメガの習性だとしてもだ。

尚史の舌先で乳首を転がされる。腰から背中にかけてぞくぞくと快感の波が這い上った。そこは弱くて、ほんの少し刺激されただけでも我慢できない。

「な、尚さん…っ、や、ぁあ……っ」

「ここ、好きだろう？」

「ん、んんっ、す、好きっ…っ、あっ…！」

乳暈《じ》を焦らすように舌先でくすぐられたかと思うと、突起をねっとりと舐め上げられる。その度に甘い痺れが身体中に広がっていった。

「いい子だ」

今日もうんと悦ばせてやる。そう囁《ささや》かれて腰の奥がきゅううっと収縮《しゅうしゅく》した。早くここに挿《い》れて欲しいと内奥が訴えている。けれどそれは、まだまだ与えられないだろう。いつも尚史は芹の全身を愛撫し、後ろを指と舌でたっぷりと蕩けさせ、もう挿れてくれと芹が哀願《あいがん》するまで挿入しない。

「尚さんっ…、なか、欲しい…っ」

「まだダメだ」

「ああ…っ」

くねる肢体をやんわりと押さえつけられ、乳首を吸われた。刺激されて鋭敏《えいびん》になった突起は、ぽってりと朱《あか》く膨らんで尖る。それを何度も舐め転がされると、たまらない。

「あ、あ、ああっ」

イく、イく、という言葉が頭の中で繰り返される。芹の喉と背中が反った。胸を彼に突き出すような体勢になってしまって、もう片方も指先で優しく転がされる。

「乳首が弱いのが可愛いな」

「は、あ、んぁあ、……あっ、ああ――～～…っ」

びくん、びくん、と全身が大きく跳《は》ねて、芹は絶頂に達した。脚の間で屹立《きつりつ》しているものの先端から、びゅく、と白蜜が弾《はじ》ける。

「まだ触っていないのに、こんなに出て」

「ああ…っ、だって……」

尚史に触れられると、どこもかしこもひどく感じてしまうのだ。身体中が彼を求めてしまう。

「舐めてやろう」

尚史の頭が、芹の身体のいたるところに口づけながら下がっていった。何をされるのかわかってしまって、両の膝が震えてしまう。けれどそれはおずおずと開いていった。

「あ、はっ、あううう…っ」

ぬるり、と包み込まれる感覚に耐えられずに呻く。尚史は芹が放ったものを丁寧に舐め上げながら舌を絡ませていった。巧《たく》みな舌先が弱い場所で蠢《うごめ》く。

「あっ、あっ、んあぁあぁあ…っ」

腰骨が痺れて甘く熔《と》ける。彼が股間で立てる、じゅるじゅるという音が耳に響いて、恥ずかしさでどうにかなりそうだった。けれどそれ以上に気持ちいい。

「な。尚さ…、あっ、そ…な、吸わない、でっ……」

「イきたかったら、イってもいいぞ」

裏筋《うらすじ》にゆっくりと舌を這わされる度に腰が浮いてしまう。時折《ときおり》、ぢゅうっと吸いつかれると頭の芯が痺れた。

「あっやっ、は、ア、あぁぁあ…っ」

堪《こら》え性《しょう》のない芹の身体は、尚史の愛撫に簡単に負けてしまう。がくがくと両膝を震わせながら、芹は彼の口の中で白蜜を弾けさせた。仰け反った上半身もびくびくと震える。

「は、んぁ、あ…っ、あぁっ！」

まだ余韻《よいん》も引かない側から、芹の上体が、びくんっとわなないた。

尚史の長い指が、双丘を割って芹の後孔を優しく撫で上げたのだ。それは肉環を緩《ゆる》く捏《こ》ね回していく。芹の内部はとっくに準備が整っていて、オメガの特性により肉洞が濡れそぼっていた。

だが、彼の指はまだそこに入ってこようとしない。

「な、尚さ…、あっ」

内奥が不規則に痙攣する。芹はたまらず腰を浮かせ、ねだるように揺らした。

「まだだ。もう少し待っていろ」

「や、だ…アっ、も、入れ…っ」

もう肉体は全部で尚史を欲しているというのに、彼はまだ残酷《ざんこく》な愛撫をやめようとしない。絶え間なく優しく送り込まれる快楽は、芹の中で膨らむ一方で、尚史が芹の後孔に舌を這わせてきた時は、耐えられなくて泣いてしまった。

「ん、ふぅ…んっ、ああ、んん――っ」

蕩ける肉環をこじ開けるように舌先が潜《もぐ》り込んでくる。珊瑚色《さんごいろ》の濡れた壁《かべ》をねっとりと舐められ、芹の股間のものの先端から愛液が小さく弾けた。軽く極まってしまったのだ。

「だ、め…っ、イく、もう、イく…っ」

「これは気持ちいいんだろ？　ならもっとしてやるからな」

「んぁあ…っ、きもち、いいけど、やぁぁ…っ」

下肢が震える。絶頂を迎えているのに満たされない。それは苦痛と紙一重《かみひとえ》の快楽だった。

尚史は自分の気が済むまで芹の後ろを可愛がる。その間、芹は下腹の奥が煮《に》えるようなもどかしさに耐えなければならないのだ。宙に投げ出された両脚のつま先が悶えるように、わなわなと震える。

ちらりと視線を下げると、尚史のものが下腹につきそうなほどに屹立しているのが見えた。血管を浮かべているそれは、これ以上ないほどに滾《たぎ》っていて、すぐにも挿れたそうなのに。

ようやく納得がいったのか、彼がそこから顔を上げる頃には、芹は息も絶え絶《たただ》えだった。

さんざん舐め蕩かされた後孔に、尚史の怒張が押し当てられる。

「あ……っ」

待ち侘《わ》びたものを与えられる予感に、芹ははしたなく喘いだ。内壁がいっせいにざわつくのを自覚する。

「……っア、あ、あ、あぁぁ――…っ」

太い怒張が肉環をこじ開けて這入ってきた。その悦びに芹は一気に絶頂に達してしまった。

とろとろと愛液を溢《あふ》れさせていた蜜口から、勢いよく白蜜が噴き上がる。

「んう――っ」

尚史の怒張はゆっくりと沈められていった。彼は熱く長いため息を漏らしながら芹を見やる。

「苦しくないか…?」

芹は首を横に振った。

「気持ちいい……」

「なら、もっと奥に挿れても平気か…?」

熱の塊《かたまり》が、ずずっと深くに侵入してくる。

「ふああっ」

じいん、とする刺激に思わず喉を反らした。尚史は芹の様子を見ながら少しずつ腰を動かしてくる。その度に堪えきれなくて彼に縋《すが》りつき、やっと与えられたそれを味わうように、内壁を絡みつかせ、締めつける。

「芹っ……」

「はあっ…、はあぁっ…！」

尚史は決して性急にはならず、自分を律するように芹の内部を愛した。弱い場所を丁寧に擦られ、時折、奥を柔らかく突かれる。

「あ、あ…あ、いいっ…！」

「いいか…？　もっと気持ちよくしてやる」

尚史は腰を引き、またゆっくりと奥まで沈めてきた。

「んあぁ――…っ」

緩慢《かんまん》に中を抽送《ちゅうそう》される感覚がたまらなくて、芹は喜悦《きえつ》に啜《すす》り泣く。その涙を尚史の舌先が舐め上げてきた。髪を撫でられ、顔中に口づけられて、浮遊感に包まれる。

「あ、あっ、尚さんっ…、なお、さ…っ」

「芹…、芹、可愛い、好きだ……」

互いの舌先が、ぴちゃぴちゃと絡み合った。尚史のものはもう根元まで挿入されていて、最奥の壁を可愛がるように優しく揺すられる。身体中がぞくぞくして止まらなかった。

「あっ、ああっ！　ま、また、いくうう…っ」

強烈《きょうれつ》な絶頂の波に呑み込まれる。体内のものをきつく締めつけると、尚史の形がはっきりと感じられた。愛おしいその形。

「ふあ、ぁあ――……っ！」

「ぐっ、芹っ……！」

尚史が低く呻いて、芹の奥深くに熱い精を叩きつけた。その感覚にまた達してしまう。きつく抱きしめられ、息も止まるような極みの中、最後の一滴《いってき》まで注ぎ込んだ尚史が、腕の力を緩めてくれた。

「……っ」

この時、芹は少しだけ残念に思う。いつも優しく丁寧に抱いてくれる尚史は、射精の瞬間だけは芹を強く抱いてくれるからだ。

「抜くぞ」

「んっ……」

尚史がゆっくりと腰を引く。太いものが中から出ていって、ごぽり、と音がして白濁が溢れた。

「じっとしてろ。俺がする」

「っ……」

尚史は甲斐甲斐《かいがい》しく芹の後始末をした後、隣に寝そべって抱き寄せてきた。汗ばんだ額に張りついた髪を指先でかき上げる。

「よかったか?」

「うん…」

芹は気持ちがよかった。まだ指先までじんじんしている。けれど彼はあれで満足したのだろうか。

「尚さんは?」

「ん?」

「尚さんは満足した?」

「ああ、もちろん。素晴らしかった」

「……本当かなあ」

芹が窺《うかが》うように告げると、尚史は驚いたような顔をする。

「どうしてそう思うんだ?」

「優しいから……。いつも俺ばっかりよくなっているような気がして」

そう言うと彼は苦笑して、その大きな手で芹の頭を撫でた。

「優しくしたいんだよ。最初があんなだったからな」

ああやっぱり、と芹は思った。尚史は初めて会った時に、ラット状態になったことを気にしているのだ。

「そのことだったら、俺は全然気にしてないから」

「俺が気にする」

きっぱりと言われてしまって、芹は黙ってしまう。

「お前は俺の運命だ。そんな番のお前を本能とはいえ、傷つけてしまったことは、戒《いまし》めとして一生忘れちゃいけないと思っている」

「それは……」

「それも、一度のみならず何度もだ。あの時の俺はどうかしていた」

「……」

そう言われてしまうと、芹は何も言えなくなる。芹はアルファではないから、彼らの生理はよくわからない。

「……俺は、尚さんにされるんなら、どんなことでも嬉しいよ」

本心からの言葉だったのに、尚史は目の前で困ったような顔をする。

「あまり俺を甘やかすな。アルファなんてオメガの前では愚《おろ》かなものだ。芹はもっと俺に、厳しく対応しなきゃいけない」

「どうして。俺だって優しくしたい」

弟達を支えていかなければと必死になっていた芹にとって、尚史は初めて現れた安心して自分を預けられる男だった。そんな彼と番になれて、それも運命の相手だと言われて、どんなに嬉しかったか。

相手に何でもしてあげたいと思うのは芹だって同じだ。

「俺は、お前が側にいてくれるだけでいいんだ」

尚史が芹の胸に顔を埋《うず》めるように抱きしめてくる。芹は彼の頭を優しく抱きしめた。

「週末はお楽しみでしたね」

　マンションのエレベーターホールで、背後から声をかけられる。振り返ったところには弟の巡がいた。

「何言ってんだよ」

「あれ、違った？」

「そうだけど」

　巡は手にレジ袋を下げていた。芹は本屋で買った文庫本の入っている袋で顔を仰《あお》ぐようにして、弟から目を逸らす。

「……まさか、あいつまた兄さんに何かしたの？」

「違う、違う」

　今は一応、和解してはいるが、巡は尚史にあまりいい印象をもっていないのだ。最初が最初だったので仕方がないのだが。

「その逆だよ」

「逆？」

「尚さんが優しすぎるから、俺はあの人を幸せにできていないのかなっていう話」

エレベーターが降りてきて、芹と巡は乗り込む。少しの間、お互いに無言だったが、巡の部屋の階に停まって扉が開いた時、腕を引っ張られて芹もそこで降りてしまった。

「ちょっ、おい」

「そんな話聞かされて帰せないだろ」

ぐいぐいと引っ張られて、結局、彼の部屋に連れてこられる。芹は観念《かんねん》して巡の部屋にお邪魔した。

「あれ、芹ちゃんじゃね」

リビングでは巡の番である水嶋大智《みずしまだいち》がソファに座ってゲームをしていた。

「こんにちは大智さん。巡がいつもお世話になっています。今日、お休みですか？」

「そだよ」

大智はウェーブのかかった金色に近い髪を無造作《むぞうさ》にくっていた。顎先《あごさき》には調《ととの》えられた髭《ひげ》が生えていて、少し垂《た》れ気味《ぎみ》の目尻《めじり》には色気がある。彼は尚史の友人であり、輩の時代を知っている。大智は飲食店をいくつか経営しているが、その中には繁華街の夜の店もあった。

「ゲーム消せよ」

「はいはい」

「すみません、せっかくのお休みの日に」

「いいんだよ、どうせ暇《ひま》しているだけだから」

「こら、巡」

自分の番に対する物言いがあまりよくないと、芹は弟を窘めた。

「そういう態度は感心できないぞ」

「だって」

巡は気まずそうにそっぽを向く。ふて腐《くさ》れたような表情に芹はため息をついた。優しい子だとわかってはいるが、こういう態度を改めないと誤解《ごかい》されかねない。

「だってじゃない。お互いに望んで番になったんだから、ちゃんと感謝と思いやりをもたないとダメだって、いつも言っているだろう」

「あーあー、いいのいいの、芹ちゃん、ありがとね」

大智がソファの上でひらひらと手を振った。

「こいつ、いつもこうだから。ぜんっぜん気にしてないし。俺」

「いつもそうなのか⁉」

「だって」

大智のフォローはまったく効果がなく、巡は更《さら》に追いつめられていく。

「よけいなこと言うなよ大智！」

「ごめん」

「巡」

愛称《あいしょう》ではなく巡、と呼んだことで、芹は説教モードに入ろうとしていた。まずい、と巡が肩を竦めた時、大智が動いて巡の手を引っ張った。

「いいんだよ、芹ちゃん。こいつのこういうところも可愛いから。なんかシャーシャー言ってる猫《ねこ》みたいでさ」

「う……」

大智の隣に座らされ、頭を抱き寄せられて、巡は真っ赤になってしまう。

「大智さんがいいのなら……」

番には番同士でしかわからないことがある。そこに兄弟とはいえ他人が口を挟《はさ》むのは無粋《ぶすい》というものだ。まだ言いたいことはあったが、芹はとりあえず矛《ほこ》を収めることにした。

何しろ大智は、芹の件ですっかりアルファ嫌いになった巡を、猛アタックで口説き落として、番になってもらったという経緯《けいい》がある。結婚すると聞いた時は驚いたものだった。

「そそ。こいつ、こんなんでも、夜はもう即堕《そくお》ち二コマだから」

「そく……？」

「ふざけんな！」

巡の手が大智の頬《ほお》を張った。言っていることがよくわからないが、深く追及しないほうがよさそうだった。

「そんなことより、今日は兄さんの話なんだからな！」

「あ、ああ、そうだっけ」

「んん？　何かあったのか？」

頬を摩《さす》りながら大智が促す。これはいよいよ話さねばならない状況だと覚悟して、芹は口を開いた。

「俺としては遠慮《えんりょ》されているようで、多分、少し距離を感じているんだと思います」

「ははあ。なるほどねえ」

「俺は、あいつが兄さんに優しくするのは当たり前だと思うけど」

「んんー、まあ、俺的にはナオさんの気持ちもわかるような気もするけどなあ」

「どういう気持ちなんですか」

芹は身を乗り出して、大智の答えを待った。

「芹ちゃんも知ってると思うけど、ナオさんはさ、昔はちょっと悪かったわけ。まあ、俺なんかは今もちょっと悪いんだけど。でも芹ちゃんとつき合うってなった時、その世界からはさっぱりと足を洗って、真面目になったでしょ？」

「はい……」

「アルファってのは、とにかく番のオメガを守りたいとか、面倒見たいとか、そういう心理になるんだよな。だから仕事とか自分の社会的な立場とか、番が出来て考え直すアルファもけっこう多い。俺は今のやり方が好きだから変えなかったけどね」

「それは、なんとなくわかってました」

だから、尚史は堅実《けんじつ》な仕事を選んだのだろう。芹のためにスーツを着て。

「芹ちゃんは、そこも引っかかってる感じ？」

「番のために昼間の仕事を選んだというのは、本人的にはどうなんでしょう」

「どうもしないんじゃね？　あの人、その界隈《かいわい》ではちょっと名が知られてたけど、別に未練はなかったっぽいけどなあ。それより芹ちゃんと一緒にいられるってほうが重要だと思うけど」

「……俺はさ」

それまで黙って話を聞いていた巡が、ちょっと言いにくそうに言葉を挟んできた。

「番が何をしてようが、それで番が幸せなら別にいいと思うんだ。俺はあの人のことはまだ苦手だけど、兄さんのことを考えて足を洗ったんなら、それはそれでいいんじゃないの」

「足洗ったって、別にヤクザじゃねえんだから」

「けど法に触れることはしてたんだろ」

「まあ、ちょこっとはな。――――あ、俺も今はしてねえからな！　俺だって、お前のこと色々考えてんだから！」

「わかってるよ」

巡が少し照れたふうに答える。

「そう…か、そうですよね…。でもそれなら、一言、言って欲しかったな……」

結婚する前、尚史は突然、芹に仕事を変える、と告げてきた。ちゃんとした昼の仕事をするのだと。尚史は優秀なアルファであるから、もちろん起業したことを心配などしなかった。仕事は当然のように軌道《きどう》に乗り、おそらくは少なくない年収をたたき出しているだろう。

けれど、そこでもしも芹に一言、相談してくれたなら。

もちろん反対などするはずもない。無条件で応援したのに。

「俺が応援したって仕方ないって、わかってはいるんだけど」

「いや、それはないだろ」

芹の言葉は大智がすぐさま否定した。

「ナオさんはこう…、独断つうか、そういうとこあるからなあ……。割となんでも自分で完結しがちっつーか」

大智は言葉を選びつつ続ける。

「多分ね、新しい自分を芹ちゃんに見てもらいたかったんだと思うよ。で、そのことでこう、なったんだと思う」

大智は両手を顔の脇《わき》に立て、それを軽く前に押し出す仕草をした。視野が狭くなっているというポーズだ。

「アルファって割とそういうとこある。特に番が絡むと」

「大智さんも？」

「俺なんかもそうよ。こいつを番にするって決めたら、脇目も振らず突っ走ったもん。見てたっしょ」

大智が巡の髪を弄《もてあそ》びながら悪びれずに言う。巡はめずらしく反論せず、くすぐったそうに肩を竦めていた。

「てか、そのことナオさんに言ったらいいじゃん」

「そんなこと言えませんよ」

「何で？」

「俺は充分大事にされてます。それはわかるんです。だからこの上、文句言ったら、ただのわがままになるじゃないですか」

「別にいいんじゃね」

「いいと思う」

巡も大智の隣で、うんうんと頷《うなず》いていた。

「番のわがままなんて、俺らにとったらご褒美《ほうび》よ。芹ちゃんはもっと自分の気持ち、ナオさんにぶつけたらいいと思うよ」

「――――」

「兄さんは、そういうの苦手だって知ってるけどね」

「あ、そうなの？　だったら一緒に温泉にでも行って、甘えてくればいいじゃん」

「えっ」

そういえば、結婚して以来、慌ただしくて、二人でどこかへ旅行に行ったりするのは、しばらくなかったことを思い出す。

「いいとこ教えてやるよ」

大智がスマホを手に取り、何やら操作していたと思うと、芹のスマホの通知音が鳴った。

「最近ヒートを温泉とかで過ごすの流行ってるらしいぜ。俺らのおすすめのとこ送っといたから、行ってくれば？」

「めぐ達も、そうしたの？」

芹が尋ねると巡がこころなしか顔を赤らめて横を向いた。これは行ってきたと言っているようなものだ。

「なかなかよかったぜ」

大智が意味ありげに笑う。いつの間に、と思いながらも、芹は自分のスマホに送られてきた温泉旅館のサイトに、興味が惹《ひ》きつけられるのだった。

「おかえり、尚さん」

その夜に帰宅した尚史を、芹はいつも通りに迎えた。腰を抱き寄せられ、唇の端に口づけられる。

「ただいま。……今日はグラタンか。いい匂《にお》いだ」

「そうだよ。尚さんの好きな茄子《なす》と挽肉《ひきにく》のやつにした」

「うまそうだな。楽しみだ。――着替えてくるよ」

「うん」

寝室へ消えていく尚史を見送って、芹は食卓《しょくたく》を調《ととの》えていく。以前は、弟達のために料理を作っていた。だが今は、自分の番のために腕をふるっている。

尚史も器用なので、休みの日や早く帰ってきた時などは作ってくれる。そんな時、彼は芹が料理を口に運ぶのを嬉しそうに見つめているのだが、それは芹とて同じだった。

やがて部屋着に着替えた尚史がテーブルの席につく。

「いつも食事をありがとうな。嬉しいよ」

「え、そんな、だって尚さんは番だし、当然だよ」

「いや、当たり前だと思ったらダメだ。芹が俺の番になってくれた。それだけで毎日がんばれるよ」

「尚さん」

彼の言葉に胸が熱くなる。身体の底から湧き上がるのは愛《いと》おしさだろうか。

「ありがとう」

本当にこんな人が自分の番でいいのだろうか。大切にされすぎて、少し怖《こわ》くなる。

両親がいなくなった時、まだ年端《としは》もいかない弟達の眠る姿を見ていると、自分達が暗い海の中を漂《ただよ》っているような感じがした。

――誰もいない。頼れない。

そんな時、芹は唇をぐっと嚙みしめて、きつく目を閉じる。傍《かたわ》らで眠る弟達の体温だけがよすがだった。

父さんと母さんはどうして俺達から離れていったんだろう。知ってる。俺達がオメガだったから。ベータ同士の夫婦の元に突然生まれたオメガなんて一人でも大変なのに、三人ともがそうだったなら、どんなに大変だったことだろう。

でも、それは俺達の責任なのだろうか。

誰も生まれてくる性別もバースも選べない。たまたまそう生まれついてしまったというだけで。

弟達の前では朗《ほが》らかに振る舞いながら、芹はずっとそう思っていた。その根底にあったのは、寂《さみ》しいという感情だったのかもしれない。弟達それぞれに大事な番が出来た時、心からよかったと思ったのは本当だ。だけどその裏側で、置いて行かないで欲しいとも思っていた。

そんな時に、まるで雷《かみなり》が落ちたように鮮烈《せんれつ》に現れたのが尚史だった。

彼は芹の肉体を曝《あば》き、征服《せいふく》した。けれどそれだけではなくて、誠実に寄り添ってもくれた。

尚史が喜ぶのなら、何でもしてあげたいと思う。けれど彼はまるで先回りするように、芹にあれこれと尽《つ》くしてくれるのだ。

食事が終わって一緒に片付けをし、リビングに移って尚史がいれてくれた紅茶を飲む。芹は思い切って切り出してみた。

「あのさ、尚さん」

「うん？」

「来月、多分ヒートが来ると思うんだけど」

「ああ、そのことだが」

尚史はスマホを操作し、画面を芹に見せた。

「よかったら、ここで過ごさないか」

それは昼間に大智から勧められた温泉旅館のうちのひとつだった。『巣ごもりプラン』と書いてある。

「ヒート対応もしているらしくて離れが借りられる。結婚して初めてだろ。こういうのもいいんじゃないかと思うんだが……、どうだ？」

「……」

芹は瞠目《どうもく》した。また先に言われてしまった。そう思って絶句している芹に、窺うように尚史は問いかける。

「気が進まないか？」

「違う！」

顔を上げて尚史を見ると、彼はびっくりしたように芹を見つめ返した。

「俺が誘おうと思ってたのに！」

「え？　ああ、そうだったのか？」

「昼間、大智さんからこういうところがあるって聞いて…、それで、尚さんとどうかって」

「大智に教えたの俺だぞ」

「そうなのか⁉」

今度は芹が言う番だった。

「結婚前から目星をつけていたんだ。そしたら大智が、自分にも教えて欲しいっていうから共有してやった。あいつ、ちゃっかり俺より先に番と行きやがったみたいだがな」

「うん、そう、言ってたけど……」

別に悪いことではないのだが、いかにも自分が見つけましたという体《てい》で教えてくれたので、逆なのだと思い込んでしまった。大智らしくはあるが。

「でも、お前も同じことを考えていたってことか？」

「うん、そうだよ…」

尚史が両腕で芹の腰を抱き寄せてきた。芹は彼の胸に顔を埋める。温かくて広い。世界一、安心できる場所。

「なら、オッケーってことでいいんだな」

「もちろん。……でも仕事は？　大丈夫？」

「番のヒートは何より優先させられるべきだ。知っているだろ？」

この世界では、番のヒートは冠婚葬祭《かんこんそうさい》の休暇《きゅうか》と同程度くらいの優先度がある。オメガのヒートは年に四回。アルファは社会的地位の高い者が多いが、彼らは自分の番のために一週間近く休暇をとる。

そしてオメガは番を持つことによって、やたらとフェロモンを放出しなくなるが、ヒートの時はアルファに抱いてもらわないと発情を抑えられない。だから番は部屋に籠《こ》もって、七日近くの間、性交を繰り返すのだ。

それは単なる本能の発散ではない。番同士がお互いを求め合う大事な時期だとされている。

「……ありがとう。すごく楽しみにしてる」

オメガにとってヒートは快楽だけではない。自分の身体と心がままならないというのは、時に苦痛でもある。芹も番がいない時はそうだった。抑制剤《よくせいざい》を飲み、嵐《あらし》のような期間が過ぎ去るのをじっと耐えるしかない。けれど今は尚史がいる。

「俺もだ」

尚史の指先が芹の顎を捕らえ、深く口づけられた。

「んん…、…っ」

彼の肉厚の舌で口中を舐め上げられると、すぐに身体がぞくぞくしてしまう。重ねる角度を変えながら何度も唇を合わせ、舌を絡め合った。その間に尚史の大きな手が、芹の着ているニットを捲《まく》り上げ、素肌《すはだ》に這わせられる。

「あ……っ」

「芹、ちなみにその話を聞いた時は、大智と二人だったのか？」

「ち、違う……、めぐもいたよ」

指先で脇腹の線を辿《たど》られると、くすぐったさと快感で背中がわななないた。

「本当か？」

「本当だって…、んん、あ」

「ならいい」

うなじに口づけられ、番の証《あかし》である噛み痕《あと》をぞろりと舐められる。そこを刺激されると脚の間のものが痛いほどに疼《うず》いた。

「ん、ふ、ああ…っ、ど、どうしてそんな…っ」

どうやら尚史は妬《や》いているらしいのだが、大智には巡がいる。彼だって番以外の相手に、ちょっかいかけるはずがないのに。

「わかってはいるが、どうにも気になってな」

尚史は苦笑した。その笑いが雄めいていて、思わず見惚《みと》れてしまう。こんなに素敵《すてき》な男が自分の番なのだと、芹は時々信じられなくなる。彼のほの暗い執着《しゅうちゃく》を感じる度に、肉体の芯が疼いてしまうのだ。

「あぁはっ」

乳首を指先で捕らえられ、芹は思わず嬌声《きょうせい》を上げる。

リビングは煌々《こうこう》と明るくて、テレビもついている。画面ではスポーツニュースをやっていて、番組の中のキャスターが出演者と明るく話をしていた。

尚史の繊細《せんさい》な動きをする指が、芹の両の乳首を何度も弾くように愛撫する。

「あ、あ、ああっ」

「もう尖ってきた」

「だ、だって…、そんな、され、たらっ」

ふいに、きゅうっと強く摘まれ、たまらずに仰け反ってしまう。

「んんんっ、～～っ」

「ああ…、どこもかしこも可愛いな」

耳に注がれる声。腰の震えが止まらなくなって、芹は尚史の膝に抱え上げられる。ボトムの上から脚の間を撫で上げられた。

「ここ、張りつめて苦しそうだな」

「は、あ、は…っ」

「今出してやる」

尚史の手がゆっくりとベルトを外し、前を広げる。そして下着の中からそれが引きずり出された時、芹は羞恥のあまり、顔を背《そむ》けるように横を向いてしまった。

「相変わらず、よく濡れるな」

「んぁあっ」

悪戯な指先で裏筋を撫で上げられ、両の膝が震える。

「下着を濡らしてしまったんじゃないのか?」

「んんっ…ああ、ご、めんなさ…いっ」

「謝るな。俺のせいだ」

彼はそう言って、芹の肉茎を優しく愛撫した。触れるか触れないかのように形をなぞり、掌《てのひら》に包んで扱く。

尚史の手が動かされる度に、愛液の溢れた股間からは、くちゅくちゅと音がした。こんなに明るい場所で、恥ずかしいところを弄られているという事実に身体が熱くなる。

「は、ア、あふぅぅ……っ」

「腰が動いているな……。気持ちいいか？」

「あ、ぁ…んんっ、い、いい…っ」

羞恥と興奮がないまぜとなって、口から勝手に、はしたない言葉が漏れていった。

「そうか、じゃあ、もっとしてやらないとな」

「あっ、あっんんっ…！」

尚史の指の腹で、鋭敏な先端をくるくると撫で回される。

「ふあっ、あっ、そ、それっ、痺れっ…！」

剝き出しの粘膜を可愛がられて、足先まで甘く痺れた。芹は尚史の膝の上で大きく背中を反らせる。

「んぁああ…っ、尚さ…っ、いっいくぅ…っ！」

強烈な絶頂の波が込み上げてきて、芹はがくがくと全身をわななかせると、尚史の手の中で白蜜を弾けさせた。

「あっあっ出るっ、いっぱいぃ…っ」

「よしよし。いいぞ。たっぷりと出せ」

あやすような口調で囁かれながら、芹はびゅくびゅくと音がしそうに射精した。この間もしたばかりなのに、溜まっているようで恥ずかしい。

「も、最低……」

「気持ちよかったってことだろう？　俺は嬉しいぞ」

彼はたっぷりと手で受けたそれを、芹の後孔に塗《ぬ》りつけた。後ろを向くように指示されて、芹はソファの背もたれに縋りつくように、尚史に尻を差し出す。

「あ、あ、あ……」

後ろに指が這入ってくる。ぬちぬちとまさぐられると、どうしても締めつけてしまうのだ。彼の長い指が内壁を擦っていくのがよくてたまらない。愛液が太腿《ふともも》を伝ってソファカバーに落ちていくのを見て、後で洗濯《せんたく》しないとな、などと考えてしまう。

「んふぅう…っ、ぅんっ、あ、はぁぁ……っ」

快楽のあまり、芹は尚史の前で淫らに腰を揺らした。

「こら、じっとしていろ」

「や、あ、む、むり…っ」

できない、と芹は啜《すす》り泣くように訴える。またしても彼は、なかなか挿入してくれない。芹は背もたれに顔を伏せ、背中をふるふると震わせた。尚史は揃《そろ》えた二本の指で、芹の内奥の弱い部分をねっとりと捏《こ》ね回す。頭の中が白く染まった。

「んぁああ…っ、あ、ひぃ…っ！」

ソファに爪《つめ》を立て、背中を反らしながら芹は達した。尚史の指を締めつけながら、白蜜がソファを濡らす。

「ふあぁあっ、あっあっ」

芹の身体はとっくに尚史の逞《たくま》しいものを欲していた。痙攣する肉洞が早く挿れて欲しいとせがむ。

「……挿れていいか？」

「あっ」

尚史が背後から芹の耳元に囁く。その声は少し上擦《うわず》っていて、その響きに芹はまたイきそうになってしまった。

「い、いれて、ほし…っ」

腰を突き出すようにしてねだると、後ろから双丘を両手で押し開かれた。

「あ…っ」

その動作がいつもより性急で、やや乱暴《らんぼう》だったので、芹は思わず背中を震わせる。今日こそ思い切り犯してもらえるかもしれない。そう思った。

「……っ」

だが、背後で息をつめる気配がしたと思うと、尻《しり》を掴む指から力が抜け、優しく撫でられた。

そして熱く硬いものがゆっくりと這入って来る。

「……っあ、ア、あ！」

また優しくされた。抗議《こうぎ》したいのに、全身を包む快楽に、はしたない声しか出ない。一度だけ荒々しく奥を貫いてきた尚史の男根は、今は慎重にゆっくりと芹の中を開いている。芹を傷つけないように。負担がかからないように。そして緩慢《かんまん》に押し開かれるのもたまらなくて、芹は全身をぞくぞくさせながら挿入の快感に悶えた。

「芹…、お前の中はいつも熱くて、濡れてるな……。天国にいる気分だ」

「んん、あぁ…っ、ほん、とう？」

本当に尚史も満足してくれているのだろうか。彼が喜んでくれるなら、この身体をどう使ってくれても構わないのに。

「もちろんだ。何でそんなことを聞く？」

「ふぁあっ、あっ！」

背後で回すように腰を使われ、芹は嬌声を上げた。指先にまで、じいん、と甘い痺れが伝わる。

「芹…、芹、可愛いやつだ。舐め尽くして、食ってしまいたい……」

「ひ、ゃ、んんっ、あ、な、尚さんの、好きにっ……」

「俺の好きにしていいのか？」

尚は必死でこくこくと頷く。すると尚史の手が芹の股間に回ってきた。濡れてそそり勃《た》つそれを、またやんわりと握られる。

「んんうっ」

「ならこっちも触ってやろう。うんと悦ばせてやる」

「ああっ、やっ、ち、違っ、あっ、あっ、あっ、あ――――…っ」

そうじゃない。自分だけよくなっても意味がないのに。

けれど芹は前後を同時に責められる快感に抗うことができず、それ以上、言葉を発することができなかった。口から漏れ出るのは淫らな喘ぎ声だけ。

「ふ、あぁ、あぁあっ、い、いい、気持ち、い……っ」

身体中を駆け巡る快楽に屈服《くっぷく》してしまう。

「イイか…？　イきそうか？」

「ん、あっ、ああっ、イ…くっ、イくっ、～～～っ！」

こんなの、我慢できるわけがない。

芹は全身を痙攣させながら絶頂に達した。身体が望むままに締め上げた尚史のものが大きく脈打ち、肉洞にたっぷりと精を注がれる。

「ん…ん、ん――――…っ！」

その瞬間に顎を摑まれて後ろを向かされ、舌を絡められた。蕩けるような感覚に意識がふわふわする。

「芹……、好きだ」

「は、ん…っ、尚さ…、俺も……っ」

舌先をぴちゃぴちゃと絡め合いながら睦言《むつごと》を囁き合う。まだ内奥でどくどくと息づいている彼のものが愛おしかった。

「悪かった。こんなところで」

ふいに謝罪してきた尚史に、芹は瞠目する。こんなに熱く甘く、悦びに満ちた交歓《こうかん》だったのに、彼は芹に罪悪感を感じたまま抱いていたというのだろうか。

「お前が可愛くて、止まらなかった。意地悪《いじわる》をしてすまなかったな」

「そ…、そんな、いいんだよ、……あっ！」

ずるり、と中から尚史の男根が引き抜かれる。まだ繋がっていたいのに。ごぽり、という音と共に彼の白濁が溢れ出て、それを見た尚史は眉《まゆ》を顰《ひそ》めた。

多分彼は、思い出しているのだ。芹を初めて抱いた時のことを。

「俺は欲望に負けてしまう。情けない男だな」

「尚さん俺、何度も言ってるよね。俺のことを好きにしていいんだよって」

「そんなことをしたら、またお前を傷つけてしまう」

尚史の指先が、芹の前髪を優しくかき上げた。

「俺はもう、お前のことを傷つけないと決めたんだ」

「傷ついたりなんかしないよ」

「俺が嫌なんだ」

そう言われてしまうと、芹はもう何も言うことができなくなってしまう。

オメガフェロモンにより、アルファが凶行《きょうこう》に走った場合、その責はオメガにある。

一見、理不尽《りふじん》なように思える理屈ではあるが、芹はそれが薄々、理解できるような気がした。

本能に負けて乱暴を働いたアルファは、自分のその行動がトラウマになる場合があるのだ。

その相手が何よりも大切な番だった場合、傷はより深くなる。

(どうしよう)

俺のせいだ、と芹は思う。

優しい尚史を傷つけたのは自分なのだ。それなのに運命の番だなんて、どうして言えるだろうか。

目の前で甲斐甲斐しく、芹の後始末をしている尚史を見て、芹は半ば途方《とほう》に暮《く》れるのだった。

「芹、今日の予定は？」

朝食の席で、ミルクティーの入ったマグをこちらに手渡してくれながら、尚史が尋《たず》ねてきた。

「ありがとう。ええと……」

芹はスケジュールアプリを開いて、今日のスケジュールを確認する。

「納品が一件あるだけだよ」

「どこにだ？」

毎日というわけではないが、尚史はよく芹のスケジュールを確認してくる。出かける場合は行き先と誰に会うかまで聞いてくるので、人によっては束縛《そくばく》されていると感じる者もいるかもしれない。けれど報告して駄目《だめ》だと言われたことはないし、単に把握《はあく》しておきたいのだと思う。

それで尚史が安心するのならと、芹は正直に答えていた。弟達とも話してわかったことだが、アルファは番に対する独占欲《どくせんよく》が強い。それを剝き出しにされ縛《しば》られるオメガも多いが、芹達の番は皆、自分達を自由にさせてくれていた。それは努力を要するものなのだと知って、芹は尚史に感謝している。

「歌舞伎町《かぶきちょう》だけど」

それを告げた時、尚史の眉がピクリと動いた。あ、まずいかなと思う。

何故《なぜ》ならそこは、芹と尚史が初めて出会った町。つまり彼が芹に暴行を働いた場所だからだ。

「……大丈夫だよ。昼間だし、飲み屋じゃなくて普通のビルだから」

嘘《うそ》ではない。受け付けに飾《かざ》る花が欲しいということで、アパレル関係の事務所からオーダーされたものだった。まだ夜の店がオープンする前だし、何も危ないことはないと思う。

「……そうか」

尚史は何か言いたげだったが、そこでぐっと言葉を呑んだように見えた。芹の胸の奥がきゅうっと切なくなる。

「気をつけて行ってくるんだぞ。何かあったらすぐ俺に連絡しろ」

「心配しすぎだよ、尚さんは。子供じゃないんだから」

「子供じゃないから心配なんだよ」

わざと冗談めかして言ったつもりだったのに、返ってきたのはひどく真剣な響きだった。

「俺が言うんだから間違いない。だろ?」

「尚さん」

尚史が心配していることは、まさに彼がその手で芹にしたことなのだ。尚史は芹の負担にならないよう、わざと何気ない口調で告げる。

「そんなふうに言わないでよ」

「……ああ、そうだな」

芹が思わず悲しい顔をしてしまったので、尚史は悪かった、と芹の頭を撫でてくれた。

「でも、本当に気をつけろよ」

「わかってる」

芹は喧嘩《けんか》したいわけではない。自分にはすでに、わだかまりはないのだと彼に伝えたいだけだった。けれどそれはもう、芹の問題ではなくて、おそらく尚史の側の問題である。だから彼が納得しない限りは、ずっとこんなことが続くだろう。

――どうしたらいいのかな。

ほどなくして尚史が仕事に出かけていき、芹はため息をついた。

自分が暗くなってどうする。

「いけないいな」

芹は首を振り、自分も準備をすべく用意を始めた。

昼間の歓楽街《かんらくがい》も変わらず人通りは多い。コインパーキングに車を停《と》めた芹は、鉢植えのアレンジメントを取り出すとビルの中に入っていった。出迎えてくれたのは女性のスタッフだった。

「うわあ、すごく可愛い！　お願いしてよかったです」

「ありがとうございます。またよろしくお願いします」

クライアントに喜んでもらえると嬉しい。入り口に置かれた青を基調とした花に、大切にしてもらえよ、と心の中で声をかける。

仕事がうまくいって気持ちが上がり、芹は鼻歌でも歌いたい気分でビルの外に出た。車に乗り込もうとした時。

「おい、あんた」

「……？」

自分に声をかけられたような気がして振り返り、芹は思わず身を強張《こわば》らせた。

そこにいたのは、いかにも夜の街に生息していそうな男だったからだ。派手目のシャツに、無造作に撫でつけられた髪と浅黒い肌。男はサングラスをずらして値踏みするように芹を眺《なが》めていた。

「……何か御用ですか」

「そんなに警戒《けいかい》するなよ。とって喰《く》いやしねえから。それともそういう経験があんのか？」

男は、くん、と匂いを嗅《か》ぐように息を吸い込んだ。

「わかんねえな、俺じゃ」

「どなたですか？」

態度を和《やわ》らげない芹に男は苦笑する。どことなく昔の尚史に雰囲気《ふんいき》が似ているような気がした。

「ああ、悪い悪い。自己紹介がまだだった。俺は河瀬《かわせ》だ。河瀬延郎《かわせのぶお》。……あんた、久保田尚史の番だろ」

「――――」

芹は息を呑んだ。

軽率だったろうか。尚史には気をつけろと言われていたのに。

カフェのテーブルの上では紅茶が湯気《ゆげ》を立てている。辺りには人の話し声が、会話の内容が判別できない程度にざわめいていた。

「……それで、お話って何ですか」

「あんた名前は？」

そう聞かれて、芹は自分が名乗っていないことに気づく。

「久保田芹です」

「マジで結婚してんのな」

河瀬は面白がるように言った。

「どこかでお会いしましたか？」

「あんたのことは何度か見かけた。久保田と一緒にいたろう」

「あの、尚…史さんとお知り合いなんですか」

「知り合いも何も、昔一緒に店やってたよ。あいつが番見つけて足洗うってんで、いったん会社も解散《かいさん》したけどな。店はあいつの後輩が引き継いだんだろ？」

後輩とはおそらく大智のことだ。だが、尚史に共同経営者がいたなんて聞いたことがなかった。

「いきなりやめるなんて言われて、あの時はけっこう揉《も》めたもんだ。店もうまくいってたってのに。そこそこ名が知れ渡ってたのに、番を見つけたって言って別人のようになっちまった。ああなるとアルファも変わっちまうのかね」

「……あなたは」

「俺はベータだよ。店の経営は優秀な奴の手によるところが大きくて、正直、久保田の抜けた穴《あな》はでかかった。あてにしてた儲《もう》けがなくなって、あんたのことを恨《うら》んだね」

「尚史さんの昔のことは、正直、俺はよく知りません。あまり話してくれないので」

「なるほど、黒歴史になってたってわけか」

河瀬はせせら笑うように言い捨てた。

「何がおっしゃりたいんですか」

さっきから敵意《てきい》のようなものを感じる。芹が尋ねると、河瀬は蛇《へび》のようにまとわりつくような視線を向けた。

「結局、共同経営者なんて言っても、俺は単なる雑用係でしかなかったってことだよ。その証《しょう》拠《こ》に、俺よりも後輩のアルファのほうを頼ってたわけだしな」

尚史は大智に引き継ぎをするべく、それから何度か店に来た。その時に芹も同行していたのを見たらしい。もちろん、尚史が芹に暴行を働いたのとは別の店舗だった。

「……」

「だがそれよりも、俺は久保田の変わりようが許せなかった。あれにはがっかりした」

芹と出会うまで、尚史は店舗経営やイベントの企画などで、当時からかなりの収益を上げていたという。河瀬はこのまま店舗を増やし、ゆくゆくは日本中で商売していくものだと思っていた。それなのに、その夢は突然断たれた。

「あんたのせいだよ」

「――――」

「久保田には夜の商売のほうが適性がある。そりゃあアルファだから、何やってもうまくいくのかもしれないがな。それなのに、たかがオメガのせいで――――」

河瀬の目に侮蔑《ぶべつ》の色が浮かんだ。

「オメガフェロモンてやつで、久保田をたらし込んだんだろう？　たいしたもんだな」

「……っ」

芹は膝の上で手を握りしめる。反発したい気持ちはもちろんあった。けれど河瀬の言うことも、あながち間違いではない。

あの時、尚史は間違いなく芹のフェロモンに反応し、理性を失ったのだから。

「なあ」

「っ！」

急に身を乗り出してこられ、芹はびくりと肩を揺らした。

「俺が手にするはずだった儲け、あんたが俺にくれよ」

「何を――――」

「オメガのあんたが他のアルファをたぶらかせば、そいつから金を引っ張ってこれる。それくらいできるんだろう？」

芹は絶句する。この男はバースに対してあまりに無知だった。

「そんなことできません。俺のフェロモンは尚史さんと番になったことによって、もう他のアルファを刺激しません」

「適当なこと言うなよ。社会のお荷物のくせによ。お前らオメガは足を開くためにいるんだろう？」

耐えられずに芹は立ち上がった。足早に店の出口に向かう。その後ろから河瀬が追いかけてきた。通りに出て走ろうとすると腕を掴まれる。

「離してください！」

「なあ頼むよ。ちょっと借金があってさ、ほんの二、三回でいいんだよ。それくらい簡単だろ？」

「離せ‼」

芹は河瀬を渾身《こんしん》の力で蹴《け》り飛ばした。こんなことをしたのは初めてだった。だが、とにかく逃げなければと思ったのだ。

河瀬が倒れたのか、行き交う人が驚いたような声を上げる。それを確認する間もなく走り出した芹は、車を停《と》めた場所まで転げるようにして駆けていった。またすぐ河瀬が追いかけてきそうな気がして運転席に転がり込む。シートの陰《かげ》からそっと覗《のぞ》いてみたが、男の姿はなかった。

そこでようやく芹はぐったりと力を抜く。

何故だかひどく悲しくて、泣き出したい気分だった。

玄関《げんかん》の開く音がする。ただいま、という声が聞こえても、芹《せり》は毛布にくるまったまま起き上がる気力もなかった。

「芹？」

尚史《なおふみ》が家の中を探し回る声と音がした。寝室のドアが開いて、スーツ姿の尚史が姿を現す。

「どうしたんだ、芹」

ただごとではない空気を感じ取ったのか、彼は急いでベッドの側にやってきた。

「何かあったか？　何かされたのか？」

「……尚さん」

芹はゆっくりと起き上がる。

「今日、河瀬《かわせ》って人に会ったよ。声をかけられた」

「河瀬？」

尚史はその名前を繰り返した。どうやら本気で失念《しつねん》していたらしい。そして思い出したのか、ハッとした顔をして芹を覗《のぞ》き込んだ。

「まさか、あいつがお前に何かしたのか」

「何もされてない」

追いかけられたことは黙《だま》っておく。

「でも、昔の尚さんの話をされたよ」

「……」

尚史はそこで口を閉じた。沈黙《ちんもく》がその場に流れる。どうして何も言ってくれないのだろう。

「すごく経営がうまくいってたって聞いたよ。どんどん拡大する予定だったたって」

もしも自分と出会わなければ、今頃、彼はどうなっていただろうか。

「どうしてやめたの？」

「……潮時《しおどき》だと思ったからだ」

「嘘《うそ》だよ」

「嘘じゃない」

「尚さんは、俺のために夜の仕事をやめたんでしょう？」

「それもある。けれどお前のせいじゃない」

芹は視線を逸《そ》らした。

「俺がお前と生きるために、ちゃんとした商売をしたかったんだ」

河瀬に言われた言葉が頭の中を回る。そんなことはないと否定《ひてい》したかった。けれど、どうしてもひっかかってしまう。

「俺がフェロモンで誑《たぶら》かしたから」

「芹！」

　彼は強く芹の名を呼んだ。びくりと肩が震《ふる》える。

「まだそんなことを言っているのか」

「……じゃあ」

　芹は顔を上げて尚史を見据《みす》えた。

「どうして俺に遠慮《えんりょ》してるの」

「遠慮？」

「俺を抱く時、いつも遠慮してる。そんなことしなくていいって言っているのに。それは俺に対して責任を感じているからだろ？」

「番《つがい》に対して責任を持つのは当たり前だ」

　頑《かたく》なになる尚史に、芹は次第に頭に血が昇《のぼ》ってきた。

「じゃあ言い換えるよ。尚さんが俺に抱いているのは『負い目』だ」

「……！」

　尚史は虚《きょ》をつかれた表情を浮かべる。

「大事にしてもらっているのはわかる。でも時々感じるんだよ。尚さんがあの時の責任をとるつもりで番になってくれたのなら、俺は尚さんの可能性を奪《うば》ってしまっているんじゃないかって」

「そんなことあるわけがないだろう」

尚史の困ったような声。芹がこういうことを言う度に、彼はこんなふうにして芹を宥《なだ》めてきた。

彼にそんなつもりはないことはわかっている。だが。

「俺は…、俺は、尚さんの枷《かせ》になりたくない。それくらいなら」

ずっと考えまいとしていたことが、思考の表層《ひょうそう》に浮かび上がる。それは決して言ってはいけないこと。そうなったら、芹自身にもどんなダメージがあるかわからない。

それでも、尚史という大事な人を縛《しば》りつけるよりはマシだと思った。

「番を解消して欲しい」

その瞬間、尚史の顔から表情が消えた。

「俺じゃなくて、何の負い目もない人を番にして」

「……本気で言ってるのか」

彼の声は力をなくしていた。芹はもう尚史のほうを見ることができない。そうしないと泣いてしまいそうだった。

「こんなこと冗談《じょうだん》で言えない」

尚史のことが大好きだった。いつも優しくしてくれて、側にいてくれた人。芹に居場所をくれた人。

だからこそ、彼には幸せになって欲しい。負い目や後ろめたさなど感じないで生きて欲しい。

「許さないぞ芹、俺はっ……！」

腕を摑《つか》まれる寸前《すんぜん》で芹は飛び退《の》き、尚史から距離を取った。いつも彼が抱き寄せようとする時には、すんなりと捕《つか》まるのに。

「芹っ！」

怒号《どごう》にも似た声を背中に聞きながら、芹は寝室から飛び出す。そのまま玄関も飛び出し、階段を駆け下りた。エントランスで外から入ってきた真幌《まほろ》と、その番の雅久《がく》とすれ違う。

「芹兄さんっ⁉」

驚《おどろ》いたような真幌の声にも構う余裕はなかった。芹はマンションから出て敷地内《しきちない》を走り抜ける。どこへ行こうという当てもなかった。ただあのまま尚史の前にはいられなかった。それだけの思いで、芹は夜の住宅街を走った。

「――――」

やがて走りつかれて足が止まる。はあはあと息を整えながら、ふらふらと歩き、近くの公園に入った。夜の公園は樹木《じゅもく》が鬱蒼《うっそう》としていて、昼間とは違って不気味《ぶきみ》ですらある。街灯《がいとう》の明かりを頼りに歩き、目についたベンチに腰を降ろした。

「……はあ」

長くため息をつき、夜空を見上げる。しばらくして少しだけ頭が冷えると、何をやっているんだろう、と思う。

(マホ達にも見られたし、今頃、騒《さわ》ぎになってるかな)

情けない。俺はあいつらの兄なのに。

弟達は番とうまくやっているのに、どうして俺はできないんだろう。

「……番解消するっていっても、俺が出て行ったらできないじゃないか……」

これじゃ、自分の感情だけをぶつけて出てきただけだ。尚史とはちゃんと話し合う必要があるだろう。

けれど今は駄目《だめ》だ。彼に会ったら冷静になれない。

芹はベンチの背もたれに身体を預《あず》け、冷えた空気をゆっくりと吸《す》い込む。

(……番を解消されたオメガはどうなるんだっけ)

確か、抑制剤《よくせいざい》も効《き》かず、発情期《はつじょうき》には苦しむことになる。そのための専門の施設《しせつ》もあると聞いた。だから番をなくしたオメガはそこへ入ることが多い。

「また施設、か」

子供の頃に逆戻りだな、と思う。

けれど今度は弟達はいない。自分一人だ。

それを思うと、心細さと胸を引きちぎられるような感情が襲《おそ》ってくる。芹は耐えるように目を閉じた。恐《おそ》れるな。受け入れろ。自分で決めたことじゃないか。

我慢《がまん》することには慣れている。寂《さみ》しさもそのうち飼《か》い慣らすことができるだろう。自分は尚史の側にいてはいけないのだ。彼はもっと普通に出会ったオメガと番になったほうがいい。

——それでも。

「それでも、嫌《いや》だよ……」

誰もいないところでなら弱音《よわね》を吐《は》くことができる。芹の瞳《ひとみ》から涙《なみだ》が盛り上がり、目尻《めじり》から流れ落ちた。

尚史が好きだ。運命だとか、出会い方だとか乱暴《らんぼう》されたとか、そんなものはどうでもいい。彼が大事で、彼の未来が自分のせいで曇《くも》るのは許《ゆる》せなかった。

できるならば、ずっと側にいたかったけれど。

「でも、やっぱダメだよな……」

芹は涙で滲《にじ》んだ星を見ながら泣き笑った。彼が好きだから、離れなくてはならない。

——朝になったら、戻ろう。

それくらいになったら多分、頭も冷えているだろう。尚史の前でも泣かずにいられるに違いない。

芹はそれまでこの公園にいようと思った。

「——あれ、君何してんの、こんなとこで」

けれどその時、向こうから五、六人の若い男達がこちらに歩いてくるのが見えた。彼らは手に酒の缶《かん》を持っており、酔《よ》っているようだ。

「一人？　俺達と飲もうよ」

「めっちゃ可愛いじゃん」

芹は涙を拭《ぬぐ》いながら立ち上がり、その場を立ち去ろうとする。だが目の前に素早《すばや》く回り込まれてしまった。

「泣いてんの？　恋人と喧嘩《けんか》でもした？」

「……あれ、もしかしてそいつ、オメガじゃね？」

「うっそ、まじまじ？」

「噛《か》み痕《あと》あるし」

男の一人が自分の首筋《くびすじ》を指差すような仕草《しぐさ》をする。芹はハッとして首を押さえた。尚史が芹を番にする時に噛んだ痕がそこにある。

「番なしで、こんなとこに一人でいるってことは、やっぱ喧嘩したんじゃね」

「かわいそー。俺達が慰《なぐさ》めてやろうか」

男達がじりじりと距離を詰《つ》めてきた。芹は表情を強張《こわば》らせて、どうにか逃《のが》れる隙《すき》を窺《うかが》う。そして男達の隙間をついて、ダッとそこから走り出した。

「あっ、てめ！」

男の一人が芹の足元に向かって持っていた缶を投げる。

「！」

缶が芹の足元に当たり、その瞬間に足が絡《から》まった。転倒することはどうにか避《さ》けられたが、その場でたたらを踏《ふ》んでしまい、男達に追いつかれてしまう。

「逃げてんじゃねえよ、こいつ……、ムカつくな」

「ちょっと遊んでやろうぜ」

腕を掴《つか》まれ、茂《しげ》みの陰に引きずられた。芹はその腕を逃れようともがいたが、複数人に掴まれていて、どうにもならない。

「やめろ！　離せっ……！」

「うるせえよ！」

頬《ほお》に熱い衝撃《しょうげき》が走った。殴《なぐ》られたのだ。続いて背中が草の上に倒され、手脚を押さえつけられる。目を開けると、男達の影が自分を覗き込んでいるのが目に映った。

「俺、オメガとヤるの初めて」

「俺ヤったことある。めっちゃイイぜ。こいつら、すげえ淫乱《いんらん》だから」

「へー、マジかよ」

そんな会話が繰り広げられ、芹のシャツのボタンが引きちぎられるようにして、衣服が乱される。

「嫌だ、嫌だっ…！」

凄《すさ》まじい屈辱《くつじょく》と嫌悪感《けんおかん》だった。芹は渾身の力で手脚をバタつかせる。死に物狂《ぐる》いの抵抗に、さすがに男達も戸惑《とまど》ったようだった。苛《いら》ついた言葉が投げられる。

「おい、あんまり暴《あば》れんな。また痛い目見せてやろうか」

腕が振り上げられた。また殴られる。そう思って身構えた時だった。芹を殴ろうとしていた男の身体が引き剝《は》がされ、背後へ飛んでいく。

「うわああっ」

「……っ？」

「な、何だ、てめえ！」

「──何だじゃねえ。お前らこそ何してやがる」

夜闇《よるやみ》に突き刺《さ》さるような低い声。それらは男達を震え上がらせるのに充分な響《ひび》きを持っていた。

「こいつは俺の番だ。怪我《けが》したくなかったらさっさと失せろ」

「やべっ…、アルファだ！」

「逃げろ！」

彼らは、アルファと対峙《たいじ》することの愚《おろ》かさだけはわかっているようだった。倒れている仲間を引き起こすと、脱兎《だっと》のように逃げていく。芹はその光景を呆然《ぼうぜん》と見ていた。

「――芹、大丈夫か」

「……尚、さん？」

どうしてここがわかったのだろう。この公園は広い、闇雲《やみくも》に探しても見つけられるはずがない。

芹が呼びかけた時、尚史が芹のズボンのポケットの辺りを指差した。

「そいつだ」

「え？」

そこに入っていたのは、芹のスマートフォン。

「GPSアプリを入れさせてもらっていた。お前がスマホを持っていてくれて助かった」

「……そうなんだ」

「すまん。勝手なことをした」

「ううん、別にいいよ」

なんだか間の抜けた会話だと思った。尚史が無断で芹のスマホにGPSアプリを入れていたことはどうでもいい。アルファはそういうことをしがちだと、どこかで聞いたことがある。

「芹兄さーーん！」

「無事ですか！」

芹はハッとして顔を上げる。見ると真幌と雅久がこちらに走ってくるのが見えた。飛び出していった芹を彼らも探しに来てくれたのだ。真幌達は近くまで来ると、芹の有様《ありさま》にぎょっとする。

「平気だ。ちょっと殴られただけで何もされてない」

芹は慌《あわ》てて説明をした。

「その前に、追っ払《おっぱら》ったからもう大丈夫だ」

尚史がそういうと、二人はホッとした顔をした。

「そうですか、なら……」

「うん、俺達は戻るね」

真幌はそう告げた。が、次の瞬間、彼はがくりとバランスを崩す。すかさず雅久がそれを支えた。

「いてて…」

「マホ、大丈夫か。摑まれ」

「サンキュ。大丈夫だよ、雅久」

真幌は小さく笑って雅久の肩に摑まる。

「マホ、お前走ったのか！　ダメじゃないか！」

「うん、まあ、そうもいかなくてさ……」

真幌の右足は事故《じこ》の後遺症《こういしょう》により、走ったりすると痛みが走る。弟に心配させて、こんな事《じ》態《たい》になってしまったことを、芹は申し訳なく思った。

「ごめん、マホ…、俺のせいで」

「芹兄さんは昔から自分のせいにしすぎ。たまには周りを振り回して迷惑《めいわく》かけてもいいと思うよ」

「――――」

「じゃあ、向こうに大智さん達いると思うんで、伝えてから帰ります」

雅久が来たほうを指差して言った。

「すまなかったな。恩《おん》に着る」

尚史は雅久に謝罪《しゃざい》した。だが彼は、にっこりと人好きのする笑みを浮かべる。

「いえいえ。礼ならマホに言ってください。無事でよかったっす」

「真幌君、ありがとう」

「温泉のおみやげ期待してますね！　…って、わあっ！」

言い終わらないうちに真幌は雅久に抱き上げられていた。お姫様《ひめさま》抱っこというやつだ。

「ちょ、下ろせよ、誰かに見られたら恥ずかしいだろ！」

「うるせ、大人しくしてろ。マンションに着いたら下ろしてやるよ」

同い年同士の番は、そんなふうに言い合いながら去ってゆく。巡《めぐる》達も来ているようだが、事情を話していくと言っていたから、こちらに来ることはないだろう。後で謝《あやま》らなければならない。

そんなことを思っていると、頬に尚史の手が触れた。

「痛むか」

「……平気。そんなに強くは殴られなかったか、ら」

言い終わらないうちに芹は強く抱き竦《すく》められた。骨《ほね》が軋《きし》むのではないかと思うほどの強い抱《ほう》擁《よう》だった。こんなふうに抱きしめられたことはない。

「すまなかった」

「……」

「お前が言いたいことはわかっていた。全部、俺が臆病《おくびょう》だったせいだ」

「尚さん……」

彼の背中が震えているような気がする。宥《なだ》めるように撫《な》でると、腕の力が緩《ゆる》められた。抱き起こされ、さっきまで座っていたベンチに座らされる。

「あいつら、殺してやろうかと思った」

「ダメだよ。俺のせいで尚さんが捕まるなんて嫌だ」

「誰が大人しく自首するものか。死体を隠《かく》す方法なんていくらでもある」

物騒《ぶっそう》なことを呟《つぶや》く彼に、芹は肩を竦めた。ここは冗談として流してしまったほうがいい。

「……さっきの話、本気だったのか」

尚史がおもむろに切り出した。

「え？」

「番を……解消すると」

「……本気だったよ」

「俺が嫌いなのか」

「違う。好きだよ。本当に好き。でも、だから離れなきゃって思った」

「俺には、わからない」

尚史は首を振る。

「俺は、たとえ俺から離れたほうが、お前のためになるとしても――、お前のことは離してやれない。絶対に」

それがアルファとオメガの違いなのかもしれない。アルファはどこまでも奪い、オメガは与える。だからこそ、自分に遠慮する尚史に耐えれなかったのだ。

「お前は負い目と言ったが、それは違う。俺はただ、優しくしたかっただけだ。だが俺の中には、お前をめちゃくちゃにしたいという欲も確かにある。それを抑《おさ》えようとしたが、うまくいかず、お前に誤解《ごかい》を与えてしまった」

彼は自嘲《じちょう》じみた表情を浮かべる。そんな彼を見ていると、たまらない気持ちになった。

「俺は、抑えないで欲しかった」

「いいのか、そんなことを言って」

最初に会った時のような、またあんな目に遭《あ》うかもしれないのだぞと彼は言っている。芹は首を振った。

「さっき、あの男達は俺に乱暴しようとした。でもそれは本当に嫌で、絶対にされたくないと思った。そんなことをされるくらいなら死んだほうがマシだって――――。尚さんの時とは、全然違う」

彼に無理やり犯《おか》された時、監禁《かんきん》されるように行為を繰り返された時、確かに衝撃《しょうげき》だった。あるいは傷ついたのかもしれない。けれど嫌ではなかったのだ。嵐《あらし》に翻弄《ほんろう》されるような悦《よろこ》びに、うち震えていた。

「でもそんなこと言ったら、浅ましいとか、はしたないとか思われるかもしれないって、恥ずかしくて言えなかった。俺も……ごめん」

「芹」

「あの時、嬉しかったんだ、きっと」

身も心も揺《ゆ》さぶるような激情は初めて感じたものだった。こんなことは他の男では、きっと味わえない。

「俺を捨てないでくれるのか」

「捨てるなんて」

彼の言葉にびっくりした。選ぶべきは、いつも彼のほうだと思っていたからだ。

「お前に捨てられたら俺は生きていけない。俺の未来を心配してくれるなら、これからも番でいてくれ」

「……うん」

目の奥が熱い。鼻の奥がツンとする。芹が涙声でそれだけを言うと、噛みつくような口づけが襲《おそ》ってきた。口の中に肉厚の舌が捻《ね》じ込まれ、強引に舌を吸い上げられる。

「ふ…っ、うっ、んんんっ……」

懐《なつ》かしい感覚。芹の頭の中に白く火花《ひばな》が散った。敏感《びんかん》な口の中を犯されて、びくびくと身体が跳《は》ねる。

（身体、痺《しび》れる）

快感《かいかん》に貫《つらぬ》かれ、目の端《はし》に涙が浮かんだ。口づけだけで達してしまいそうだった。

そして彼の気の済むまで、口中の粘膜《ねんまく》を弄《もてあそ》ばれると、口づけは次第に優しくなった。いつもの蕩《とろ》けるようなそれに変わり、足が震える。

「ん、ふ…っ、ん、ぁ……っ」

舌を絡め合う音があたりに響いた。ここが外だということも、今の芹には気にならなくなってしまう。およそ数分の長い口づけを交わした後、尚史はようやっと口を離してくれた。芹は恍惚《こうこつ》とした表情で彼を見上げる。尚史は芹の目元に唇を押し当てて言った。

「……帰ろう、芹」

「う、ん……」

「帰ったらお前を抱きたい。朝まで、思いっきり」

「あ……」

その言葉を聞いて背筋《せすじ》にぞくぞくと震えが走る。

彼は遠慮をかなぐり捨ててくれる気だ。あの時のように。

それがわかってしまって期待が走る身体を、芹は懸命《けんめい》に抑えようとした。だが尚史の手が破《やぶ》れたシャツの隙間から入り、胸の突起《とっき》を摘《つ》ままれる。

「んんぁっ」

「お前もだぞ、芹。俺に遠慮するなと言うのなら、お前も曝《さら》け出してみせろ」

熱っぽい囁《ささや》きに身体が震える。そんなのは恥ずかしい。けれど、確かに彼の言う通りだった。

「…は、い……」

蕩けて濡れた瞳で尚史を見上げ、芹はため息とともに返事をした。


「あっ、あぁはっ、あっ!」

芹は下肢《かし》を突き上げる快楽《かいらく》に、寝室の天井に視線を彷徨《さまよ》わせながら喘《あえ》いだ。

大きく広げられた両脚の間に尚史の頭が沈《しず》んでいる。股間の肉茎にねっとりと舌を這《は》わせられ、嬲《なぶ》られていた。すでに一度達している。

「ああ…っ、尚、さ……っ」

先端《せんたん》の小さな蜜口からは、ひっきりなしに愛液が溢《あふ》れていた。そこを舌先でつつかれ、精路の中にまで、ずうん、と刺激が走る。

「ひっ、ううっ！」

「ここが苦しそうにぱくぱくしている。気持ちいいのか？」

「んんっ、ああ…っ、き、もち、いいよ…っ」

「それじゃあ、ちゃんとここを持っていろ」

「んー……っ」

開かされた内腿《うちもも》に手を持っていかされて、自分で広げるように促《うなが》された。淫《みだ》らな指示に震えながら、そこを広げると、尚史は口の端《はし》を引き上げるように笑った。雄臭《おすくさ》くて悪い笑み。

「いい子だ」

「あ――――……っ」

蟻の門渡りを、ぬるん、と舐《な》め上げられる。腰の奥にまで響く異様な快感に、はしたない声を上げてしまった。

「あ、そ、そこ、ダメ、なんか、変な感じするっ」

「どんな感じだ?」

「お、腹の奥、ずくずくする、みたいな…っ」

「じゃあ、気持ちいいんだな」

尚史は芹の双果を手で弄びながら、何度もそこを舐め上げた。その度に内奥がきゅうきゅうと引き絞《しぼ》られる。

「あ、あ…っ、あぁあっ、ん、くぅ――…っ」

ひっきりなしに喘ぎながらも、芹は下半身から両手を離さなかった。下肢がほぼすべて剝き出しになっているような状態なので、後孔のヒクつきさえも、すっかり見られていることだろう。恥ずかしさに意識が灼《や》き切れそうだった。けれどそれが快感《かいかん》へと変わる。

尚史はこれまでと違って、どこか意地悪《いじわる》な感じがした。強引で、けれど優しく、芹を翻弄《ほんろう》して蕩《とろ》かしてくる。

「んっんっ!」

そうかと思えば、また屹立《きつりつ》を咥《くわ》えられてしゃぶられた。両脚が宙でびくびくと跳《は》ねる。敏感《びんかん》な裏筋《うらすじ》をちろちろと舌先でくすぐられ、くびれのあたりに吸いつかれた。

「は、ひぃぃいん……っ」

強烈《きょうれつ》すぎる快感に変な声が漏《も》れる。尚史は口淫を続けながら、芹の後孔のあたりを指でまさぐっていた。縦《たて》に割れた肉環をこじ開けるように指が挿入《そうにゅう》される。

「んん、あぁぁあ……っ！　……っ！」

その衝撃《しょうげき》で、芹はたちまち絶頂を迎えてしまった。尚史の口中で白蜜を弾《はじ》けさせる。自らの手で開いた内腿がびくびくと痙攣《けいれん》した。

「う、あ…、ア、また、イって……っ」

「気にするな、どうせ今日はイきっぱなしになる」

その瞬間に、尚史の顔に浮かんだ意地悪な表情に鼓動《こどう》がまた上がる。言っている側《そば》からまた達しそうになって、あっあっ、と小さく喘《あえ》いだ。今夜はどんな目に遭《あ》わされてしまうのだろう。あれだけ遠慮《えんりょ》はしないで欲しいと願っていたのに、いざ好きにされると思うと少し怖くて、そして期待している。

尚史はそんな芹の内心を見抜いているのか、くすくすと笑いながら中に挿入した指を軽く動かした。

「ああっんうっ……！」

少し内壁を擦《こす》られただけでも、腹の奥まで響《ひび》くようだった。潤《うるお》った中がくちゅくちゅと音を立てる。

「可愛い音だな」

「や、だ……ぁっ、んっ」

「好きなの、ここだろう?」

尚史の指先が芹の弱い場所を、ぐっと押してきた。

「ああっ、はあああっ」

悦《い》い、と感じると同時に股間のものから、びゅく、と白蜜が零《こぼ》れる。あまりに簡単に、立て続けにイってしまって、芹は自分のはしたなさを恥ずかしく思った。

「ああ、や、こんな、こん、な…っ」

「お前が遠慮するなと言ってくれたから、今夜から手管《てくだ》を尽《つ》くして悦《よろこ》ばせてやる。泣かせてもいいんだろう?」

「……っ」

尚史の粘度《ねんど》の高い、熱い欲望が伝わってきた。それを向けられたことが嬉しくて、芹はこくりと頷《うなず》く。

「尚さんが、それを、したいなら……」

「したい。お前がぐちゃぐちゃになって、よがっているところが見たい」

そんなにあからさまに言われると、どうしていいかわからなくなる。尚史の指で内部をぐるりと撫で回され、芹は声も出せずに仰《の》け反《ぞ》った。汗《あせ》ばんだ喉《のど》がひくひくと震える。そして番にするために、彼が噛んだ痕《あと》を舌先で舐《な》め上げられ、腰から背中にかけてぞくぞくと震えた。

「あっ、あ、熱…い、なかっ……」

「ああ。挿《い》れていいか」

早く、と芹は何度も頷く。尚史はどこか性急な動きで、芹の入り口に自身の先端を押し当てると腰を進めてきた。肉環を拡げられ、一番太い部分が入って来る。

「う、あ」

そこまではいつもと変わらなかった。だがこの後、一気に奥まで彼のものが挿入される。とどめとばかりに最奥にぶち当てられ、ずうん、という快感の衝撃が芹を貫《つらぬ》く。

「あっ…、は、あ――――…っ」

重たい愉悦《ゆえつ》が脳天まで走った。芹はびくびくと身体を震わせ、そのまま一直線に絶頂へと追い上げられる。

「は、ひ……ぃ、いいっ」

立て続けの極みに悲鳴を上げた。強引にイかされる感覚は頭の中がぐちゃぐちゃになりそうで、少し苦しくて甘い。

「芹……っ」

「んっ…、んっ、んんっ」

口を塞《ふさ》がれ、痛いほどに舌を吸われる。その間に奥を何度も突かれて、芹の頭の中は真っ白になった。

めちゃくちゃにされる。

そんな予感に全身が燃え上がりそうになる。

強すぎる快感に肉体は無意識に逃《のが》れようとしてもがくが、手首や腰を摑まれて思い知らせるように貫かれた。

「んんあぁあぁっ」

互いの腹の間で擦られた芹の肉茎がびくびく震え、また白蜜を弾けさせる。

「ふあ、んんうっ、い、いくっ、また、イくううっ」

「ダメだ。もう少しつき合ってもらうぞ……、芹」

涙目の視界の中で見上げた尚史の瞳《ひとみ》は、芹に食らいつかんばかりにぎらぎらとしていて、まるで肉食の獣《けもの》のようだった。そんな彼の表情を、芹はかつて一度だけ見たことがある。初めて身体を繋《つな》げた時だ。

あの時のように彼は今、本能を剝《む》き出しにしてくれている。それが嬉《うれ》しくてならなかった。食らい尽くされるという怯《おび》えも確かにあったが、求められているということをわかりやすく実感できる。

「あ…っ、あ…っ、んんあぁ…っ」

入り口から奥までを、ゆっくりと重い抽送《ちゅうそう》で責められた。ずうん、ずうん、と突き上げられる度に頭の芯《しん》が霞《かす》む。内壁を丁寧《ていねい》に擦られ、最奥の壁にぶち当てられて、芹はもう少しも我慢《がまん》ができなかった。

「～っ、あー…っ、あっあっあっ」

口の端《はし》から唾液《だえき》を零しながら喘ぐ芹のそれを、尚史が舌先で舐めとってくる。何度も舌を吸われながら突き上げられて、ほとんど何も考えられなくなった。

「はっ……んっ…、んんんぅ……っ」

考えられるのは、この快楽《かいらく》を追うことと、尚史の激情を味わうことだけ。

「ぐっ、芹っ…！」

彼のものが体内で一際《ひときわ》大きくなる。どくどくという脈動《みゃくどう》が、より生々《なまなま》しく肉洞に伝わった。

「ぁあ、はぁあっ、ま、またっ…、おっきい、よぉ…っ、尚さ……っ」

体内をいっぱいにされる愉悦《ゆえつ》に、芹はかぶりを振って訴《うった》える。こんなに彼の欲望を感じられるなんて、幸せだった。

「中に出すぞ…、芹」

「ん、ぅんっ、だ、出して、欲し……っ」

芹はいっぱいに咥《くわ》え込んだそれを、身体が望むままに締めつける。すると尚史の短い呻《うめ》き声が耳元で響いた。

「う、ぐっ！」

それと同時に、下腹が熱いものでいっぱいに満たされる感覚が広がった。内壁に濃い飛沫《しぶき》が叩《たた》きつけられ、それすらも快感となってしまう。

「あっ、あ！　あぁ――――～～っ！　～～っ！」

芹の内部が不規則に痙攣した。深い絶頂に身を震わせ、力の入らない腕で必死に尚史に縋《すが》りつく。返ってきたのは苦しいほどの抱擁《ほうよう》。

――――これが欲しかった。

胸が痛くなるほどの恍惚《こうこつ》に、歓喜《かんき》に涙を零しながら、芹はようやっと彼と身も心もひとつになったような実感を味わっていた。

腰が引かれて尚史の怒張が抜かれる。

「あ、ん……っ」

その瞬間にごぽりという音と共に白濁が溢《あふ》れ、芹の双丘を伝っていった。埋《う》めてくれるものを失った肉環が名残惜《なごりお》しげにひくひくと震える。その脚の付け根に、尚史が労《いたわ》るように口づけていった。

「大丈夫か」

「ん……」

まだ身体中が痺《しび》れて、頭がくらくらしている。けれど気分はよかった。多幸感《たこうかん》というのだろうか。

「動けるか、風呂に行けるか」

「ごめ、ちょっと……、無理……」

「わかった。湯を持ってくる」

　尚史の身体が離れて行く気配がする。芹は反射的に腕を伸ばしてそれを止めた。

「どうした？」

「……あの、もう少し…、このまま」

　芹の言いたいことがわかったのか、尚史は起き上がろうとする動作を中断すると、芹の側に再び寄り添ってくれた。長い指が乱れた前髪をかき上げてくれる。

「久しぶりに本気で抱いてしまったな。きつくないか」

「平気だよ」

　多分、明日は身体の節々《ふしぶし》が痛むだろうが、そんなことはどうでもよかった。今も甘い余韻《よいん》が身体の中に残っている。

「こうして欲しかった」

　厚い胸に顔を埋《うず》めながら、芹は小さく呟《つぶや》いた。尚史は困ったような笑いを漏《も》らす。

「そんなことを言うと、つけあがってしまうぞ。俺はいつでもお前をこんなふうにしたいと、ずっと考えているんだ」

「いいよ」

芹は顔を上げて尚史を見つめた。

「尚さんは、俺に何をしても、どんなふうに扱《あつか》ってもいい」

「……芹。お前はアルファの凶暴性《きょうぼうせい》を知らない。全部許されたら、俺はお前を毎晩のように泣かせてしまうことになるぞ。今みたいに」

尚史は芹の尻《しり》を脅《おど》すように、ぐっと鷲《わし》づかんでくる。びくりと身体を震わせながらも、芹は怯《ひる》まずに彼を見つめ返した。

「知ってるよ、そんなの」

「……ああ、そうだったな」

尚史は自嘲《じちょう》するような表情を浮かべる。

「それでもいいのか」

「うん」

芹は即答《そくとう》した。

「尚さんにならいい」

「……まったく、お前は」

尚史が腕を回し、腰を抱き寄せてくる。下肢《かし》に押しつけられる彼のものは、さっきあんなにしたばかりだというのにもう熱く硬くなっていた。

「あっ…」

それを感じ取ると、芹もまた自身の内奥に火がつくのを自覚する。尚史は自分ばかりのように言うが、芹もまた相手を際限《さいげん》なく求めてしまうというのは同じだった。

「さっき芹を抱いて思い知ったが、俺はもう自分を抑《おさ》えることはできない。だがそれでいいと言ったのはお前だ。覚悟しろよ」

「はい…、尚さん」

とうとう欲を剝き出しにする気になった尚史を前にして、芹はまた身体が蕩《とろ》けていくのを感じる。

太腿を抱えられ、綻《ほころ》んだ肉環に怒張の先端が押しつけられた。それをじっくりと咥《くわ》えさせられ、耐《た》えられずに喉《のど》が反《そ》る。

「あ、あああぁ……っ」

「気持ちいいか」

「い、い…っ」

太いものがまた奥へと挿入されていった。その充足感《じゅうそくかん》に唇が震える。尚史はそんな芹をゆっくりと揺《ゆ》らしながら淫猥《いんわい》に囁《ささや》く

「……ヒートの時は、もっと気持ちよくしてやる。身体中でイかせてやるからな」

「ふあ、あぁ…っ、そ、んなの……っ」

そんなことになったら、どうなってしまうのだろう。芹は半ば本気で怯えながら、間近に迫《せま》る七日間に渡る自身のヒートを思った。そして深い場所に尚史の男根が埋められた時、芹は快感に啜《すす》り泣きながら自らも腰を使うのだった。

「準備はいいか」

「大丈夫」

バタン、と車のドアが閉じられる音がした。エンジンがかかり、駐車場から静かに車が発進する。いよいよ今日から芹のヒートのために旅館に籠《こ》もることとなる。ナビシートに身を預《あず》けながら、心なしかどきどきして、運転している尚史をちらりと見た。彼は真剣《しんけん》な顔をしてハンドルを握《にぎ》っている。

「そういえば、どれくらい休みをとるの？」

「一応、十日の予定だ。旅館もそのつもりで予約している」

「そんなに？」

思ったよりも長い日数に、芹は驚《おどろ》いて聞き返した。

「番のヒートだ。誰も文句は言わないよ」

番のいるアルファにとって、それ以上に優先することはない。それは世間の常識なんだそうだ。

だからといって、尚史に十日も休暇《きゅうか》を取らせてしまうのは少し申し訳ない気もする。それもゆっくり休める訳でもない。それどころか肉体労働にも等しいことをするというのに。

「お前はいっさい気にする必要はないからな」

ふいに尚史が口を開いて言った。まるで芹の胸の裡《うち》を見透《みす》かしたように。

「全部、俺がやりたくてやっていることだ。なんならお前は、それにつき合わされていると言ってもいい」

「そんなわけないよ」

芹はすかさず反論する。

「つき合わされているなんて思わない。俺はこうして尚さんといられることが嬉しいから」

車が赤信号で止まった。尚史は芹のほうを向くと、身を乗り出して盗《ぬす》むように唇を掠《かす》める。

「っ」

「じゃあ、お互いに望んでたってことだな」

「……うん」

信号が青になり、尚史は車を発進させた。芹もシートに座り直して前を見る。その胸の中はうるさい鼓動やら熱いものでいっぱいだった。

三時間ばかりゆっくりと車を走らせ、休憩や食事を挟《はさ》んでドライブを楽しむ。二人きりでこんなふうに休暇を堪能《たんのう》することも、そういえば久しぶりだった。

「この先に展望台《てんぼうだい》がある。そこに寄ってから宿に行くことにしよう」

尚史の提案に異論もなかった。しばらく山の斜面《しやめん》を下っていくと、急に開けた駐車場《ちゆうしやじよう》に出る。平日ということもあり、そこに停《と》まっている車はそういなかった。

「……わあ」

山間を切り取ったような中に、民家が点在し、その中には大きな川がうねるように流れていた。少し傾《かたむ》きかけた陽《ひ》が川の水面に反射《はんしや》してきらきらと輝いている。吹《ふ》きつける風が少し火照《ほて》った首筋《くびすじ》を掠《かす》めていくのが心地よかった。

車のボンネットに腰を預けて眺《なが》めていると、その隣に尚史が腰掛ける。

「少し素朴《そぼく》だが、悪くない景色だな」

「うん、落ち着く」

辺りは静かだった。何台か停まっていたはずの車も、いつの間にかいなくなっている。

「……覚えているか？　俺達が番になった時のこと」

ふいに尚史がそんなことを言ってきた。

「覚えてるよ」

忘れるはずがない。そんな大事なこと。

「あの時は、お前が逃げ回るから、どうしたもんかと思った。苦労した」

「……ごめん」

しみじみと言われてしまって、芹は苦笑する。

真摯《しんし》な謝罪《しゃざい》と共に、彼に番になって欲しいと言われた時、芹は素直に了承《りょうしょう》することができなかった。彼が嫌いだったわけではない。オメガフェロモンによる暴行《ぼうこう》は、オメガ側の有責《ゆうせき》とされるのが常識だったにも拘《かかわ》らず、そんなふうに謝ってくれるなんて、誠実な人だと思った。きっと、あの時から運命だとわかっていたのかもしれない。

それなのに、尚史は義務感や負い目で、そんなふうに言ってくれているのだと思い込んで、彼を受け入れようとしなかった。

時々言われるが、芹は一度思い込んだら頑《かたく》なところがあるのだ。今回もそれが原因で尚史を困らせてしまった。

「いっそ攫《さら》って、強引に番にしようとまで思いつめたが、それじゃ同じ事の繰り返しだからな。結局、地道に口説《くど》き落とすしかないと決めて、長期戦も辞《じ》さない構えだった」

その時から彼は、本当に腰を据《す》えて芹に猛《もう》アタックを開始した。その様子に、最初は絶対反対していた弟達も絆《ほだ》されていった。特に、一番怒っていた巡でさえ、「まあ、そこまでしてくれるなら……」と渋々《しぶしぶ》言うほどだったのだ。

「俺、面倒くさかったよね。ごめん」

今もそうだが、この性質は直すのが難しい。二人の弟を育てなければならなかったということもあって、色々と考えすぎてしまうのだ。厳《きび》しい世間を生きていくうちに期待することを恐《おそ》れ、常に最悪の状況《じょうきょう》を想定して動くようになってしまった。それは慎重《しんちょう》と言えば聞こえはいいが、要するに他人を信用していないのと同じ事だと思う。

「尚さんを信じていないわけじゃないんだ。ただ、怖くて」

信じて、けれどその通りじゃなかったら。そこから立ち直るためのリソースを作り出すことが、芹にはとても難しい。

その時、芹の手の上に尚史の大きな手が重ねられた。

「いいさ。そんなお前も俺は好きだ」

芹は顔を尚史に向ける。彼は芹を見つめて笑っていた。

「お前と生きていく上で、面倒だと思うことはひとつもない――。むしろ、お前がいない人生を生きていくほうが面倒だ」

「……尚さん」

彼を呼ぶ声が震える。芹の胸の裡に、どうしようもなく熱いものが込み上げてきた。

「俺のことが好きか？　芹」

「好き」

芹は一も二もなく答える。それだけは本当だった。

「尚さんのことが好き、好きだよ――」

切羽詰《せっぱつ》まったように繰り返すと、次の瞬間に口を塞《ふさ》がれた。尚史の熱い唇がぴったりと重なって、力強い舌が歯列を割って滑《すべ》り込んでくる。

「んん――…」

舌を吸われると、くらくらと目眩《めまい》にも似た感覚が芹を襲《おそ》った。思う様、舌をしゃぶられて身体の芯《しん》に火が点《とも》る。

「お前が可愛くて死にそうだ」

唇に触れる熱い囁き。それだけで芹は自分の肌がうっすらと汗ばむのを感じた。

「な…、尚さん、始まってしまう、から……」

これ以上は、と芹は彼を押し留めた。ヒートに差しかかっている芹の肉体は、もういつ発情《はつじょう》状態《じょうたい》になるのかわからない。さすがにここで始まってしまうのは、色々とまずい事態になりそうなので避《さ》けたかった。

「ああ、すまん、そうだな」

じゃあ急ごうか、と尚史が身体を離す。そうすると互いの身体の間に風が通り過ぎた。

「俺も我慢できなくなりそうだ」

車に乗ると、尚史はそう言ってエンジンをかけ、やや急発進で車を出した。

「お待ちしておりました、久保田《くぼた》様」

旅館のスタッフは、自分達を丁寧に迎えてくれた。

「本日から七日間の『巣ごもりプラン』でご予約いただいております。お部屋は離れになりまして、専用の露天風呂《ろてんぶろ》もございます」

旅館は和モダンという印象で洒落《しゃれ》た内装だった。離れに続く人気のない廊下《ろうか》を荷物を持った女性スタッフが先導していく。部屋に続くドアは、専用のカードキーがないと開かないそうだ。

ドアを開けると、そこから板張りになっていて、ここで靴《くつ》を履《は》き替えるらしい。少し進むと格子《こうし》の扉《とびら》が現れ、その奥に引き戸が見えた。ここが部屋の入り口だ。

中に入ると二間続きになっており、襖《ふすま》が開けられた奥の部屋には、キングサイズのダブルベッドが存在を主張していた。

「こちらのドアからお風呂に出られます。お食事は二十四時間いつでもご用意がございますので、お好きな時間にお申し付けください。すぐにお持ちします」

つまり、食事の時間で中断されることがないということだ。まさにアルファとオメガがヒートを過ごすためのプランで、至《いた》れり尽《つ》くせりのサービスと配慮《はいりょ》に、芹などは気恥ずかしくなる。

「ありがとう」

だが、尚史はさすがに堂々としたものだった。スタッフに心付けを渡すと、彼女は恭《うやうや》しく押し頂く。

「それでは、どうぞごゆっくりお過ごしください」

にこり、と笑ってスタッフは部屋を出て行った。後には二人だけが残される。芹はぐるりと部屋を見回した。

「すごく広くて、お洒落な部屋だね」

「ああ、そうだな」

尚史はクローゼットを開けて浴衣を取り出していた。

(それにしても、こんな高級そうな旅館に七日も泊まるなんて、ずいぶん費用がかかりそうなものだけど……、多分聞いても教えてくれないだろうな)

芹はちらりと尚史を見た。彼は上着をハンガーにかけてクローゼットにしまっている。

「芹、お前の上着も寄越《よこ》せ」

「あ、ああ、うん、ありがとう」

芹は慌《あわ》ててジャケットを脱《ぬ》ぐと、尚史に渡した。その時、偶然《ぐうぜん》彼の手に触れる。

――ドクン。

「……あ……っ」

両の膝《ひざ》から力が抜けた。崩《くず》れ落ちるようにその場にへたり込む。

「……芹?」

「ご、ごめ…、はじまった、みたい……っ」

ヒートが来た。オメガは年に四回訪《おとず》れるその期間には、常に発情し続け、セックスのことしか考えられなくなる。絶《た》え間《ま》ない疼《うず》きと共に、何もしなくとも込み上げる快楽は、七日の間、周期的に繰り返され、いわば一匹《いっぴき》の淫獣《いんじゅう》になるのだ。

芹の全身から立ちのぼるフェロモンが番の尚史を刺激し、彼はためらいなく芹を抱き上げる。

「謝るな。そのために俺がいるんだから」

「尚さん――…、尚さん…っ」

芹は助けを求めるように尚史を呼ぶ。ベッドに降ろされると、性急な手つきで服を脱がされた。外気に触れた乳首はすでに尖《とが》っている。下着ごと下肢の衣服を剝ぎ取られて、両脚を開かされると、そこはすでに潤《うるお》って尚史を待っていた。

「前も後ろもずぶ濡れだな……」

「あ、あ、あ」

恥ずかしい部分を見られる視線にさえ感じてしまう。我慢できずに腰が上下した。

「そんなに尻を振るな――。今やるから」

尚史は服を脱ぐ間も惜《お》しむように、自身のそれを引きずり出した。血管を浮かび上がらせて天を突く男根の先端《せんたん》が、ヒクつく後孔に押し当てられる。

「んんあっ」

「挿れるぞ」

ぐりっ、と肉環がこじ開けられ、太く長い怒張がずぶずぶと遠慮なしに押し這入《はい》って来た。

「ああ――――…っ」

ぞくぞくぞくっ、と凄《すさ》まじい官能の波が芹を襲う。奥まで一気に貫かれた芹は耐えられずに達した。股間の屹立《きつりつ》から白蜜が弾ける。

「ふぁぁあ…っ」

「……もう遠慮はしなくていいんだったな」

奥に自身を収めたまま、少しの間、動かずにいた尚史がゆっくりと腰を使い出す。ずちゅ、ずちゅっ、と音をさせながらの抽送は、芹をたちまち快楽の坩堝《るつぼ》へと突き落とした。

「あ、ぅあっ、あっ、あっ、ああっそこっ……！」

肉洞の中にいくつもある芹の弱い場所を抉《えぐ》り、擦り上げてくるものに屈服《くっぷく》してしまう。いつもよりも更《さら》に理性が乏《とぼ》しくなった芹は、次第にはしたなく振る舞っていった。

「…っあ、あぁあ…いい……っ、いい、よぉ……っ」

「うんとよがるといい。俺も、お前が泣いても喚《わめ》いても容赦《ようしゃ》はしない」

荒《あら》くなった呼吸の下で彼がそう言い、ずんっ、と重く突き上げてくる。

「んううっ」

一瞬、意識が真っ白になった。宙に投げ出された足の指がひくひくと開ききる。

「そら、こいつは我慢できないだろう？」

小刻《こきざ》みに奥を突くように責められ、芹は啼泣《ていきゅう》した。上体を大きく仰《の》け反《ぞ》らせてシーツを鷲《わし》づかむ。

「は、ア、あぁぁあ……っ！　あーっイくっ、またイくっ…！」

芹の下腹で勃起《ぼっき》した屹立が揺れる。その先端からびゅくびゅくと白蜜が噴《ふ》き上がった。意地悪な顔を覗《のぞ》かせた尚史に、芹は身体が焦げつきそうなほどに昂《たか》ぶってしまう。

「芹……、可愛い芹…っ」

「んぅんっ、んっ……」

噛みつくように唇を塞がれた。舌根を強く吸われると下腹の奥がきゅうきゅうと疼いて、中にいる尚史を締めつけてしまう。硬く熱い怒張に内壁が絡みついて、もっと奥へと誘《さそ》うように蠕動《ぜんどう》した。

「ぐっ…」

短い呻きが彼の喉から漏れる。抽送が一層《いっそう》速くなり、尚史の限界が近いことを知った。

「な、か、出し…っ、て」

「ああ、出してやる。一番、奥で……っ」

脈動《みゃくどう》が大きくなり、体内に熱いものが放たれる感覚がする。どくどくと注《そそ》がれる精は、芹の腹の中を満たしていった。

（出てる、いっぱい）

彼に精を注いでもらうのが好きだ。溢れんばかりの欲は、尚史の執着《しゅうちゃく》を感じさせてくれる。

支配されているという被虐《ひぎゃく》の悦び。

「ああっ、んんっ、あぁぁあ……っ」

芹もまた絶頂にわななきながら、熱病のような発情期が始まったことを知るのだった。


追い立てられるように身体を繋げて極めた後、尚史は一度自身を引き抜き、今度は芹の身体中を愛撫《あいぶ》することに専念《せんねん》した。尚史は芹の肉体の弱い場所をすでに熟知《じゅくち》している。その上、今はヒートで、全身の感度が引き上げられている状態なのに、それらを念入りに可愛がられてはたまらなかった。

「ああ、は、ああ、んん……っ」

芹は整った顔を喜悦《きえつ》に歪《ゆが》ませて喉を反らす。その表情は甘い苦悶《くもん》に彩《いろど》られていた。

大きく開かされた両脚の間に、尚史が顔を埋めてその肉茎を口淫している。後ろには指が二本挿入され、濡《ぬ》れた媚肉を思う様、苛《いじ》められていた。前と後ろを同時に責められ、芹はその状態ですでに二度達している。

「ああ、ふ、ああぅんっ……」

ぬろぬろと裏筋を何度も舐め上げられて背筋がわななく。火照《ほて》った内腿が、びくっ、びくっ、と痙攣していた。

「あ、き、気持ちいい……っ」

「なら、もっとしてやる」

舌先がくびれの辺りをくすぐり、丸みを帯びた先端が口に含まれて、ぢゅうっと吸い上げられる。

「ああ、あーっ、は、ア、痺《しび》れるっ……」

足先にまで甘い毒《どく》のような痺れに侵《おか》された。だが快感に嬲《なぶ》られているのは肉茎だけではない。後ろに入れられた長い指が、快楽が凝縮《ぎょうしゅく》された部分を撫《な》で回す。

「あ、ひ、い……っ」

芹は耐えられずに、がくがくと下肢を震わせた。

「そ、そこっ、あぁっ、そんな、に、苛められ、たらっ……！」

「可愛がってるんだよ。お前の好きなところを、もっといい子いい子してやろう」

尚史の意地悪な指先で、弱い部分をこりこりと捏《こ》ね回される。男根で擦り上げられるのとはまた違う快感に、芹はひいひいと泣いた。

「あ、あ、ひぃ…ああっ、あうんんんっ」

肉茎を吸われながらの泣き所への愛撫に、芹は嫌々とかぶりを振って極める。舌で撫で回されている先端の蜜口から、どぷりと白蜜が溢れた。尚史はそれを当然のように飲み下す。

「は、は……っ、はあっ」

強烈《きょうれつ》な絶頂になだらかな胸を喘がせている芹の中から、尚史はようやっと指を引き抜いた。埋めるものをなくしたそこは名残惜《なごりお》しむように蠢《うごめ》いている。

「芹、摑まれ」

目を開けると、尚史が芹の両腕を自らの背中に回すように促《うなが》した。力の入らない腕でなんとか縋《すが》りつくと、尚史は軽々と芹の上体を引き起こし、膝《ひざ》の上に抱え上げる。

「ん……っ」

このまま挿《い》れられるのだ。

さんざん指で苛められた泣き所が、熱を持ったように疼いている。早く尚史の男根でそこを抉《えぐ》って欲しかった。

「自分で腰を落とせるか？」

「う……んっ」

尚史の両手が芹の双丘を鷲摑み、大きく開いている。その狭間《はざま》でひっきりなしに収縮《しゅうしゅく》を繰り返す入り口に、猛った剛直の先端が押し当てられた。

「ああっ」

芹の下半身から勝手に力が抜けていく。自重でずぷずぷと咥え込んでしまい、その快感に全身を震わせた。

「あ、は、這入ってっ……、来る、うっ……」

「ああ…、俺のが、美味《うま》そうに喰《く》われてるな」

額《ひたい》に汗を浮かべた尚史が雄臭《おすくさ》く笑いを浮かべる。その表情に芹はどうしようもなく欲情してしまうのだ。何をされてもいいと思ってしまう瞬間。

「ひあっ」

びくりと芹の背が震える。尚史が芹の双丘をやや乱暴《らんぼう》に揉《も》みしだいてきた。そうされると内壁がごりごりと男根に擦れてしまって、彼のものの形をはっきりとわからせられる。それだけでイきそうになった。

「あぁぁあ…っ」

「俺のものが好きか?」

「す、すき…っ」

芹はこくこくと頷く。

「俺のが、今どこに当たっている?」

「尚さん、の、おっきいの、おれの奥、の、かべに、当たってるう……っ」

快楽と興奮でぐずぐずになった芹は、自分からあやしく尻を上下させた。にちゅ、にちゅと卑猥《ひわい》な音が響く。

「ここ、に、ぐりぐりって…っ、あっ気持ちいい…っ!」

芹は尚史の耳元で、はしたない言葉を次々に垂《た》れ流した。すると彼のものが内部で更に膨張《ぼうちょう》するのがわかる。次の瞬間に、両の内腿を指が食い込むほどに持ち上げられ、芹はそのまま何度も突き上げられた。

「ああ――――っ！　あ、あああぁあっ」

「まったく…っ、お仕置きだ」

内奥に無遠慮にぶち当てられ、芹は耐えられずに、立て続けに絶頂に達した。目の前の逞《たくま》しい肉体に縋りつきながら、イく度に喉を反らす。

「どうだ、これは……イイか？」

「うぅあ、あっ！　くぁああっ、い、ぃい…っ、なか、熔《と》ける……っ」

ヒート中のオメガの肉体は、自身を貫くものに対し、正気を失うほどの快感を得てしまう。それが番であれば尚更《なおさら》だった。彼の形を覚えさせられた肉洞は、激しく擦り上げてくるものを味わい尽くす。

（入っているだけで気持ちいいのに）

こんなふうにされては、イくなというほうが無理だった。

「何度でもイけ。お前の中いっぱいに注いでやる」

互いの繋ぎ目は、先ほど中に出されたものと愛液が混ざり合い、摩擦《まさつ》されて白く泡立《あわだ》っていた。そこを彼が突き上げる度に、じゅぷじゅぷじゅぷ――――、と淫《みだ》らな音が響く。その音が聞こえると、恥ずかしくてならず、けれど、どうしようもなく昂ぶってしまう。そしてそのうちに、体内の奥から、これまでで最も深く、重い絶頂の波が込み上げてくることに気づいた。

「あ、ま、待って、これ、来るっ、すごいの、くるからっ……！」

奥歯を噛みしめ、ひいっ、と喉を反らしてなんとか耐える。けれど尚史は、更に抽送を大きくして煽《あお》ってくる。

「いいじゃないか。すごいの味わえよ」

ずうん、ずん、と脳天まで突き抜けるような快感。そんなものを我慢できるはずもなく、芹はあられもない声を上げて背中を反らした。

「んんぁぁあっ！　あっ、あっ、――――～～～～っ！」

目の前が真っ白になるほどの絶頂に呑み込まれ、内奥の尚史をきつく締め上げる。彼の喉から苦痛でも感じているような声が漏《も》れ、オメガの子宮にどくどくと注がれた。

「あ、あ……あ、ああ……」

満たされる感覚に腰が震える。

芹はそのまま、身体の力が抜けていくのにまかせ、意識を落とした。

ちゃぷちゃぷという音が耳に聞こえる。

身体が温かいものに包まれている感覚がした。これは湯だ。目を開けると、芹は自分が尚史の腕の中にいることに気づいた。彼の掌《てのひら》が湯をすくい、芹の肩口にかけられている。

「気がついたか?」

「……あ、うん…、ここ、露天風呂?」

「ああ、そうだ」

目の前が開けていて、下に川が流れているのが見える。その上は山になっていた。紅葉が見事で、赤や黄色などの色が混ざり合い、絶妙《ぜつみょう》なコントラストになっている。

「身体は洗っておいたぞ」

「ありがとう。いつもごめん」

芹が行為中に意識を途切《とぎ》れさせてしまうと、よく尚史がこうして風呂場に連れていってくれる。寝ている間に身体を洗われているのだと思うと気恥ずかしいが、どうしてもこうなってしまうのだ。

「そんなことはない。むしろ役得だ」

彼はそう言って芹の頬《ほお》を撫《な》でる。その手に猫《ねこ》のように顔を擦り寄せてから、もう大丈夫だと彼の腕から離れた。檜《ひのき》造りの風呂に背中を預けて手脚を伸ばすと、疲労《ひろう》が湯に溶《と》けていくようだった。

「すごい、いいお湯。優しい感じ？」

少し纏《まと》わり付くような柔《やわ》らかい湯は、アルカリ性なのだろう。刺激が少ないので、こういった場面にはもってこいのような気がした。

「そうだな。掛け流しだし、この宿がこういったプランを提供をするのも頷《うなず》ける」

そのまましばらく湯に浸《つ》かって部屋に戻ると、胃が空腹を訴《うった》えてきた。発情の波は今は治まっている。

「メシにするか？」

「うん」

部屋に置いてあるメニューを見て、タブレットから注文する。なるべく宿の人間と接触しないようにする配慮《はいりょ》だ。ほどなくして料理が到着する。ワゴンには山《やま》の幸《さち》と海《うみ》の幸《さち》がバランスよく取りそろえられていた。味のほうも申し分ない。芹は旅館の膳《ぜん》をすっかりたいらげてしまった。普段のヒート中は、食欲が低下するほうが多いのだが、環境《かんきょう》のせいかもしれない。

「もう飲まないの？」

グラス一杯《いっぱい》で酒をやめてしまった尚史を見て芹が言う。

「地酒とか、おいしそうなのに」

「ああ……、まあな。あまり飲むと勃《た》たなくなっても困るし」

返ってきた言葉に絶句《ぜっく》してしまった。

「今までそんなことなかったけど……」

「今回は特別だからな。俺も万全《ばんぜん》の態勢で臨《のぞ》みたい」

尚史の軽口に、何を言ってるんだよ、と返しながらも、芹は動揺《どうよう》するのを止められなかった。

さっきあんなにしたばかりだというのに、もう身体の芯《しん》が熱くなってくる。

「……食器を下げてくる」

それを敏感《びんかん》に感じ取ったのか、尚史が膳をワゴンに乗せて部屋の外に出した。これでスタッフが部屋の中に入ってくることはない。

火照《ほて》り始めた頬を掌で摩《さす》りながら、芹はもう素直にベッドに座って、尚史を待った。


「う……ん」

眠りから意識がゆっくりと浮上する。うっすらと目を開けた芹は、視界に映る部屋の様子に見覚えがないことに気づいた。

（あれ、ここどこだろう……）

少しの間考えて、そこで芹はハッと気づく。

そうだ。昨日から尚史と旅館に来ているのだった。そこで七日間、芹のヒート期間を過ごすのだ。一夜明けたから、あと六日間。発情はまだまだ頻繁《ひんぱん》に訪れるはずだった。

「……っ尚さん」

背後から尚史に抱かれていることに気づく。彼はまだ寝ているらしくて、背後から規則正しい寝息が聞こえてきていた。

芹が体勢を変えようと、身じろぎした時だった。

「っ⁉」

びくりと身体を震わせ、違和感に気づく。

尚史の怒張が、未《いま》だ身体の中に挿入《はい》っていた。

「え、あ…っ、ちょっ、と……」

昨日はあれから夕食の後にまた身体を繋げて、さんざんイった後で気を失うようにして眠りについた。その後、尚史も寝たのだと思うが、まさか彼は自分の男根を抜かないままだったのだろうか。

いや、今、実際に彼のものが挿入っているではないか。

芹は一瞬パニックになりかけたが、どうにか気を落ち着かせると、尚史を起こさないようにして、自分の中からそれを抜けないかと試みた。なにしろ彼のものは、入っているだけで変な気になってしまう。慎重《しんちょう》に行う必要があった。

「……っ」

芹はまず、自分の身体を抱きしめている尚史の両腕をどかそうとした。だが逞しい腕はしっかりと芹を抱きしめていて、身体の力が入らなくなっている芹には難しく、片方の腕をどかしたところで彼が呻《うめ》いた。

「うん……？」

「あっ！」

芹が離れて行く感触を嫌ったのか、尚史の腕が芹を引き戻す。その瞬間、彼のものが芹の肉洞の中で、ずる、と動いた。

「んん、あ…っ」

その刺激は快感となって芹を襲う。昨日から、さんざん味わわされている快楽を一気に思い出して、またそれが欲しくなった。ここを、思うさま突き上げてかき回して欲しい。

「……っ」

熱い吐息が唇を濡らす。身体中がじんじんと疼いた。

（腰、動いてしまう）

背後の尚史はまだ寝ているというのに、彼のものを使って自慰行為《じいこうい》のようなことをしているのが申し訳なかった。だが恥ずかしくて彼を起こせない。

「ん、や、は……ぁぁ…っ」

芹がぎこちなく腰を揺らす度に、にちゅ、にちゅ、という音が響く。この腹の中には昨夜《ゆうべ》、尚史が放ったものが、まだたっぷりと残っていることだろう。

「んん、ぁ…っ」

足先がじわじわと痺《しび》れていく。もっと腰を動かしたい。そんな欲求と戦っている芹の内部が、彼の男根によっていきなり強く突き上げられた。

「ふぁぁああっ」

突然の強烈《きょうれつ》な快感に、反った喉から嬌声《きょうせい》が迸《ほとばし》る。そのままぐるりとかき回されて、思わず悶《もん》絶《ぜつ》した。腰がびくびくと痙攣する。

「――――朝から可愛いことをするじゃないか、芹」

「あ、あ…っ、尚さ、起きて……っ」

尚史は起きていたのだ。自分がしていたことを知られてしまって、羞恥に全身が燃え上がる。

「な、なんで、いつから……っ」

「お前が、俺の腕をどけようとしていたところからかな」

それでは、芹が自分で腰を揺らしていたところは、最初から完全に知られてしまっていたということではないか。

芹はあまりの恥ずかしさに、尚史の腕から逃れようとした。

「こら、逃げるな」

「あっ、あぅんんっ……！」

逃げようとしたのを責められるように、中を緩《ゆる》く突き上げられ、思わず声を漏らす。

「や、ぁ、ご、ごめんなさ…っ、あっ」

「何を謝っている？　俺は嬉しいのに」

「ふぅんんっ」

後ろから両の乳首を摘《つ》まれ、軽くくすぐられて胸の先が甘く痺れた。それによって芹は抵抗する術《すべ》を失ってしまう。

「お前が俺を求めてくれる…。番としてこんな嬉しいことはないだろう？」

「あ、んぁっ、あぁぁ…ああ……っ」

急《せ》くことなく、ゆるゆるとした律動《りつどう》に、芹の中が甘く攪拌《かくはん》される。濡れた内壁が擦れ、背中をぞくぞくと快感が舐め上げた。

「は、あ、はう、あぁ…っ、尚さんっ…、あっ、気持ち、いい……っ」

「もっとよくしてやる」

片方の脚を背後から、ぐっと持ち上げられ、より尚史の挿入が深くなった。

「あああぁあ」

口の端から唾液を零《こぼ》して喘ぐ。ぬぷぬぷと出し入れされるのがよくてたまらなかった。

（あ、朝からこんなこと…っ、こんな……っ）

まだ頭の隅《すみ》で、往生際《おうじょうぎわ》悪く残っている理性がそんなふうに訴える。けれどそれも、もうどうでもよかった。

「ああっ、尚さ…っ」

芹は不自由な体勢で振り返り、尚史の口を吸った。


この宿に来てからというもの、一歩も外に出ることなく、昼となく夜となく交わっている。疲れ果てて眠り、空腹を感じれば食事をし、身体を洗いたければ露天風呂でさっぱりとすることもできる。

まるで本能だけで生きているようだ、と濁《にご》った思考の中で思う。

けれど、この時期のオメガはまさに獣のようなのだ。本能で盛る肉体に意識まで振り回されて、性欲の塊《かたまり》に成り下がる。そして、それにつき合う番のアルファもまた、獣に近い存在なのだろう。

以前の芹は、こんな自分を卑下《ひげ》していた。オメガは淫らな生きものだから、世間から煙《けむ》たがられても仕方ないのかもしれない、と思うこともあった。

けれど今は、この時期が嬉しくさえ感じる。

芹の運命の番が、愛しい、好きだと囁きながら快楽を分かち合ってくれるからだ。

（なんだ。こんな単純なことだったんだな）

弟達が言っていた。兄さんは難しく考えすぎだと。

その意味を、今の芹は少しだけ理解できたような気がした。


ぴしゃん、と水に濡れた頬を両手で叩《たた》くと、水滴《すいてき》が陶器《とうき》の洗面台に跳《は》ね返った。

「――――ふう」

冷たい水で顔を洗うと頭がすっきりする。

ヒートが始まってから今日で八日目。昨日まで、ろくに働かなかった頭も今朝になってようやく冷えて、働くようになってきた。

宿の巣ごもりプランは七日間だったが、尚史がいつの間にか一泊延長してくれたらしい。なので、完全に素面《しらふ》に戻ってから帰ることができる。

「芹、朝食が来たぞ」

「あ、ありがとう」

テーブルの上に並べられた和食の朝食。焼き魚の香ばしい匂いが空腹を刺激した。味噌汁《みそしる》もこくがあって美味しい。

「次もここに来るか？」

尚史が唐突《とうとつ》に口にした言葉に、芹は彼の顔を見返した。

「え？」

彼が言っていることが今ひとつわからなかった。まだ頭が惚《ほう》けているのだろうか。

「俺は、けっこうここのプランはよかったと思ったんだが、次のヒートもここで過ごすか？」

「……またここで、七日くらい泊まるってこと？」

「そうだ。嫌か？」

芹は首を横に振った。ここは本当に尚史と二人だけになれるし、本能を満たすということ以外の一切に煩《わずら》わされずに済んだ。正直、もう少し彼と一緒にここにいたいくらいだった。だが。

「でも、この旅館すごい高そうだから」

そもそも離れで、部屋に専用の露天風呂がついているという、基本スペックだけでそこそこ値が張るだろう。

「金のことなら別に心配しなくていい」

予想していたが、尚史はあっさりとそう告げた。

「家にいると、誰とも会わずに済むってのは難しいからな。まあ居留守を使ってもいいが、チャイムの音も気が散るし、洗濯《せんたく》の問題もある」

そうなのだ。四六時中まぐわっているので、どうしてもシーツなどがすぐ汚れる。その点、この宿は部屋の外のボックスに汚れ物を突っ込んでおけば、すぐに新しいものが届けられるというシステムだった。

「でも、いつもだなんて贅沢《ぜいたく》だよ」

「そう言うと思ったけどな」

尚史は苦笑する。

「ここは、ほんとにすごいよかった。でも俺は、尚さんと一緒にいられればどこでもいいから……。こういうところはたまににしようよ」

「お前がそう言うなら」

尚史は肩を竦《すく》めて笑った。

「他の宿でも、こういったプランをやっているところはあるらしい。今度調べてみよう」

さりげなく釘《くぎ》を刺《さ》したつもりだったが、尚史はまた来る気満々だ。まあいいか、と今度は芹が笑みを浮かべる。

「忘れ物ない？　尚さん」

「ああ」

チェックアウトの時、一週間もいた部屋から外へ出ると、なんだか世間からずいぶん離れていたように感じる。そういえば滞在中には、一度もニュースの類《たぐい》を見ていなかった。

「なんだか帰りたくないな」

車に乗り、ふとそんな言葉が口をついて出た。

帰りたくないわけではない。弟達には会いたかったし、尚史との東京での生活も気に入っている。ただ、ほんの少し、もう少しだけ、彼と二人きりでいたかったと思ってしまったのだ。

尚史は少し驚いたような顔をして、じっと芹を見つめる。そんな彼に、芹は両手を振って見せた。

「冗談《じょうだん》だよ。そんなわけないって」

「俺は構わないぞ」

軽口で流そうとした芹に、尚史はそう言った。

「このまま、お前と二人でどこかへ行っても、一向に構わない」

「……そんなこと、できるわけないって」

尚史には会社があるし、芹だって仕事もある。それ以外にも人との関わりや、世間で生きていくための様々な繫がり。それらを捨てることができるかと言えば難しいし、尚史にもそんなことはさせたくなかった。

「ごめん、尚さん。変なこと言って。もう少しだけ二人だけでいたかっただけだよ」

「わかってるさ。お前にはそんなことは出来ないと思ってた。俺なら出来るけどな。けどお前に無理はさせたくない」

尚史がエンジンをかける。その音と振動は、現実へ戻っていくための合図だった。

「もう少し一緒にいようか、芹。ドライブでもして、飯を食って、夜になったら帰ろう」

「――――うん」

尚史の優しい言葉に泣きたくなってしまった。

世間を捨てて、二人になりたいわけじゃない。

ただ、時には自分達だけの世界にいたいだけだ。

車が出て、来た道を逆に走っていく。川面《かわも》が陽《ひ》の光を浴びて、きらきらと光っているのが綺《き》麗《れい》だな、と思った。

「そういえば、今日帰ってくるんだろ？　尚史さんと芹さん」

「ああ、うん…、そうだね」

カレンダーを見ながら言った雅久《がく》に、真幌《まほろ》はどこか曖昧《あいまい》な返事をした。

夕食も終え、ソファでのんびりと映画を見ている。何度も見たそれは、真幌のお気に入りの映画だった。

「ん？　違ったか？」

「違わない。予定通りならそうだよ。でもしばらく帰ってこないほうがいいんじゃないかって思ってる」

「なんだそれ。もしかして、こないだのことと関係あんの？」

「まあね」

芹達夫婦がヒートを過ごすために温泉に行く前、ちょっとした揉《も》め事が起こった。

真幌の兄の芹は、生真面目《きまじめ》で責任感が強く、内省的なところがある。その番との出会いが最悪なものだっただけに、今でも時々、波風が立ってしまうようだ。

「芹兄さんは、俺達の面倒を見ていたから、自分のことなんて二の次三の次になっていたんだよ。ただでさえそうだったのに、俺の足がこうなって」

真幌は右足を軽く上げてみせた。

「俺が迷惑《めいわく》かけたから、よけいに自分のことなんて考えられなくなった」

「お前のせいじゃねえだろ」

雅久の強い口調に真幌は、そうだね、と笑って答える。

真幌の事故《じこ》は、真幌が道路に飛び出した子供を庇《かば》ったことが原因だ。自分が助けなければ、あの子供は死んでいた。だから、今でもそのことを後悔する気はない。けれど、大事な兄の人生に負担をかけてしまったことだけは、今でも申し訳なかったと思っていた。だから彼に番が出来た時は、よかったと思ったものだが。

それでも最近は、問題なくやっているようで真幌も安心していたのだ。だがつい最近、すれ違いから芹が家を飛び出す出来事があった。

「一週間もガッツリ二人だけになったら、もう帰ってきたくないんじゃないかって思ってさ。俺はそれでもいいと思ってる。めぐ兄さんは怒るだろうけど」

「お前らって、ほんと芹さんのこと好きな。ちょっと妬《や》けるくらい」

「兄さんと雅久のことは……！」

「わかってるって。妬けるのは本当だけど、俺もそこまで心狭くねえよ」

雅久は両手を上げて苦笑してみせた。

「たった三人の家族だもんな。ましてや、お前のこと育ててくれた人だ。俺にとっても恩人《おんじん》だよ」

「……雅久」

こういうところが雅久の好ましいところだと思う。自分の感情は正直に表現しながらも、真幌の事情を考慮《こうりょ》して、寛容《かんよう》に考えてくれる。

真幌とて自身の足がこうなって、何も思わなかったわけではない。走ることが好きだっただめ、当初はそれは落胆《らくたん》したものだ。自分で選んだこととはいえ、陸上をやめなければならないのは辛《つら》かった。誰にも言えなかった悲嘆《ひたん》に寄り添ってくれたのが、幼なじみでアルファでもあった雅久だった。

「雅久が側にいてくれてよかった」

「お？　だろ？」

「調子に乗るなって」

口ではそう言いつつも、真幌は雅久の肩に背中を預《あず》ける。彼の手が頬を滑《すべ》り、顔が近づいてきた。逆らわずに目を閉じようとしたその時、ピコン、とスマホの通知が鳴った。

「ちょ、待って」

「いてっ」

咄嗟《とっさ》にスマホに手を伸ばそうとして、反対側の手で雅久の顎《あご》を掴むと、それがどこかに当たったらしく、雅久が声を上げる。

「芹兄さん、帰ってきたって」

兄弟のグループメッセージにそれは送られてきた。

「おみやげ買ってきたから、そのうち来るってさ」

「マジか」

真幌は返信を打つとスマホを閉じた。背中から雅久が腕を回してくる。

「安心した？」

「まあね」

しばらく帰って来なくていい、と言いつつも、実際に兄が戻ってきて真幌は安堵《あんど》していた。

やっぱり自分たち弟は長兄を求めている。彼に番が出来て、幸せになって欲しいと思ったのは本音《ほんね》だが、それと同じくらい、どこかで自分たちだけの兄でいて欲しいと願っているのだ。

「俺って矛盾《むじゅん》してるかな」

「いいんじゃね。俺も同じだし」

雅久が背後から頬を押し当ててくる。

「人間なんて、そんなもんだろ」

「また適当に言って」

「人なんて適当なもんだって」

雅久の言葉は、ある意味当たっているように思えた。

真幌は兄弟の中では、しっかりしていると言われているが、別にそんなことはない。ただ状《じょう》況《きょう》を見た振る舞いができるだけだ。苦労性《くろうしょう》の長兄と、意地っ張りの次兄を見て育ったので、自然とそうなった。

本当の自分を知っているのは、多分この番だけだと思う。子供の頃から知っていたからかもしれない。

彼がここに居てくれてよかった。

背中から感じる温かな体温に身体を預けながら、真幌は重なってくる唇に、今度こそ目を閉じた。

「兄さん帰ってきたって」

「遅かったな。めいっぱいお楽しみだったってわけか」

ふざけたような口調で言う大智を、巡はじろりと見やった。だがすぐに視線を和《やわ》らげ、ふう、と息をつく。

「本当に楽しかったんならいいや」

スマホを置いて、乾《かわ》いた食器を棚《たな》に片付ける作業を続ける巡を、大智はニコリと笑って見つめた。

「なんか素直じゃん」

「……ヒートってさ、俺達にとっては、本来そんなに楽しいものじゃないんだよ。わかるだろ」

強制的《きょうせいてき》な耐えがたい発情。波はあるが、それが約七日間続く。その間、頭はろくに働かなくなり、理性すらきかなくなる。ただ込み上げる快楽と疼きに翻弄《ほんろう》されるだけ。

「番が出来ればマシになるけど、それまでは薬で抑えるしかなくて、それも限界があるし、オメガに生まれたことをずっと恨《うら》んでた」

「今もかよ」

「そんなわけないだろ」

巡は不意にしおらしい顔を見せた。巡とて、本当は素直になりたいのだ。大智が自分を大事にしてくれているのはわかっている。ただ弱みを見せたくないから、つい感情とは真逆のことを言ってしまったり、思っていることを認めない態度をとってしまう。下の弟のように大人で素直な振る舞いができたなら――――と時々思う。

巡の番は、そんな巡の態度などお構いなしに踏《ふ》み込んできた。巡は兄と尚史の事件のこともあり、すっかりアルファ嫌いになっていたが、そんなこともどこ吹く風だった。

「大智が諦《あきら》めないでいてくれたから、今があるって思うよ。ヒートも……、今は、そう悪くないかなって。頭が馬鹿になるのは嫌だけど」

二人だけになると少し素直になれる。彼が番になってからのヒートは、自分の本能に一人で向き合わなくてはならないこれまでとはまるで違った。まるでぴたりと合わせたように、身体の深い場所に大智を感じられる。

多分、自分は寂しかったのだ。両親からは捨てられて、世間からは疎《うと》まれて、たった三人で寄り添うように生きてきた。

兄と弟は、かけがえのない存在だけれど、巡のためにいるわけじゃない。彼らだってオメガだから、いつかきっと、それぞれの番が現れて巡の側からいなくなってしまう。心の底ではそう思って生きていた。

だから大智が目の前に現れた時、感じたのは安堵だった。反発よりも怒りよりも、巡は自分の中でそう感じたのだった。

「俺はお前のヒート大好き。めちゃくちゃ可愛くなるもんな」

「いつもは可愛くなくて悪かったな」

「ただでさえ可愛いのに、更に可愛くなるってことだよ」

あけすけな言葉はいつものことだが、巡は顔が熱くなるのを隠《かく》すように横を向き、コーヒーメーカーをセットした。

その時、大智のスマホから通知音が鳴る。画面を確認した彼はニヤリと笑った。

「ナオさんが、一週間も芹ちゃん隠してごめんってさ。お前に」

「それ本気で言ってる？」

「なわけねえじゃん。気遣いだよ、気遣い」

さもあらんだ。あの男がそんな遠慮をするはずがない。巡は、ふう、とため息をついた。

「でもまあ、気遣いしてくるだけいいか」

「あれ、ちょっと当たり柔らかくなったじゃん」

「そりゃあさ……」

巡は大智の座るソファへと近づいて、隣に腰を降ろした。

「兄さんのあんな様子見たら、いつまでも態度悪くしてられないだろ」

「えらいじゃん」

大智の手で頭をぽんぽんと叩かれる。三回に二回は振り払っている仕草だが、今回は大人しくしていた。

「兄さんは幸せにならないと。あんなに苦労したんだから」

「芹ちゃんは、もう充分幸せだと思うけどな」

大智の手が、巡の頭を撫でる動きに変わる。

「お前は自分が幸せになること考えろよ」

「俺はもう幸せだから」

唐突に大智の手が止まった。

「今のマジ?」

「うん」

「もう一回言って」

「……幸せだよ」

「もう一回」

巡は恥ずかしさを堪《こら》えていたが、もう限界になった。

「うるさいなあ！　大智があんまり俺を構うから、幸せになったんだよ！　悪いか！」

すると彼は、何がそんなにおかしいのか、声を上げて笑った。

「やべえ、お前…、最高、可愛い！」

ぎゅう、と抱きしめられて首筋にキスをされる。巡の身体が、びくん、と跳ねた。

「や、ちょっと…、やめっ」

巡は首筋が弱くて、そこを刺激されると、すぐに力が抜けてしまう。だから大智に番にしてもらうために噛まれた時は、大変なことになった。

「なあ、俺らも次のヒート、宿に籠《こ》もらねえ？　違う旅館でもいいから」

「どうせ嫌だって言ってもそうするだろ」

「心外だな。俺はお前の本気の『嫌』はちゃんと判別できるつもりですけど？」

確かにそうだった。巡は色々と本意ではないことを言うが、大智がその真意を違《たが》えたことはほとんどない。

彼のおかげで、あんなに忌《い》み嫌っていたヒートが、そう悪くないものになった。

兄さんもそう思ってくれればいい。巡はそんなことを思いながら、シャツの下に潜《もぐ》り込んでくる手に力を抜いた。

「次で最後か」

芹は車のラゲッジスペースのドアを閉めると、運転席に乗り込んだ。すると、スマホに尚史からメッセージが入る。

『今日は何時くらいに帰る?』

芹は返信を打ち込んだ。

『これで最後だから五時くらいには帰るよ』

『なら今日は、俺が買い物してくる』

『いいの? ありがとう』

次には『まかせろ』と書いてあるスタンプが送られて来た。芹はそれを見て微笑《ほほえ》み、スマホをポケットにしまう。

尚史とヒートを温泉で過ごしてから三ヶ月が過ぎた。そろそろ次のヒートのことを考えなくてはならない。先日、どうしたい? と希望を聞かれたが、芹の気持ちはあの時から変わっていなかった。彼と一緒ならどこでもいい。もし家で過ごすことになっても、それはそれで全然構わなかった。

「……ふう」

芹はシートに身体を預け、ため息をひとつ漏らす。最近は疲れが溜まっているのか、この時間になると眠気が押し寄せてきた。居眠り運転などして事故でも起こしたら大変だ。窓を開けて冷たい空気をいれる。すると幾分《いくぶん》か頭がしゃっきりとした。

「最後の納品先は……」

今日は買い物も尚史がしてくれるというし、早く帰って少し休もう。そう思って芹はリストを確認した。

「あ」

数ヶ月前の出来事が脳裏に浮かび上がる。

尚史の昔の知り合いという男に会ったあの場所だった。ひどい暴言《ぼうげん》を吐《は》かれた。もう気にしてはいないが、あまり調子のよくない状態で出会うと、ダメージが大きそうな気がする。

(まさか、今日は会わないよな)

納品したらすぐに帰ろう。

芹はそう決めて車を出した。いつものパーキングに停めて、急いで納品を済ませて車に戻る。ドアを開けようとした時、背後から窓に手をつかれた。

「――――よう」

「っ！」

驚いて息を呑む。芹は咄嗟《とっさ》に振り返った。

「……河瀬《かわせ》さん」

「また会ったな」

河瀬はきさくに話しかけてきたが、芹は屹然《きつぜん》とした表情で答える。

「人を驚かせるような真似《まね》は、やめてもらえますか」

もう尚史の過去に思い悩んだりしない。だからこの男のことだって怖くない。

芹の言葉に、河瀬は少し驚いたような顔をした。

「ん、ああ…、悪かったよ。やっと会えたんで、つい、な」

「やっと会えた?」

「前に、けっこうひどいこと言ったりしたろ、俺」

「……俺に身体を使って稼《かせ》げとか……」

河瀬は頭をかいて、ばつが悪そうな顔をする。

「あの後で、さすがにあれはなかったんじゃないかと思ってさ。あんたと会った時、昔、久保田に突然店をやめられたり、借金まで作っちまったこと思い出してイライラしちまった」

あの時、芹がひどく傷ついたような顔をしたので、河瀬はずっと忘れられなかったのだという。何度も繰り返し思い出しているうちに、どうしてあんなことを言ってしまったんだろうと考えるようになった。

芹に八つ当たりしても何にもならない。それに気づいたことが、自分自身を見つめ直すきっかけになった。

今は地道に借金を返すために働いているそうだ。

「そうなんですか」

自分はそんなに情けない顔をしていたのだろうか。

「だからまあ、次に会ったら謝ろうかと思ってな。仕事場も近くだし、それでちょくちょくこのへんを見ていた。まさか会えるとは思わなかったが」

まったくその通りである。芹は今まで会いたくないと思っていたが、今こうして現在の彼を知ることができて、ちょっとよかったのではないかと考え始めていた。きっと尚史が知ったら怒るだろうが、芹はできれば、やたらと人を嫌いたくない。

それに彼は、一時は尚史の近くにいた人だ。

「別に、もう気にしてないです」

「……なんか前回会った時と、ちょっと感じ変わったか？」

「それなりに、考え方とか変わったかもしれません」

尚史とぶつかって、自分の気持ちを正直に話した。そのことが芹に自信のようなものを与えたのかもしれない。幸せになってもいいのだと、大事な人達が言ってくれたおかげだ。つまり、強くなったのかもしれない。

「……なるほどな」

河瀬は口の端を上げて笑った。

「番ってのは、いいもんだな。ベータの俺にはわからないことだが」

「別に番とか、そういうのでなくても、大事な存在がいるというのは心強いものだと思います」

「そうか……」

これまでは、一時の欲求を満たすことだけを求めていて、そんなことは考えたこともなかったと河瀬は言う。

「俺もあんたを見習って、これからは他人を大事にすることにしよう」

河瀬の言葉に芹は微笑んだ。よかった。この人とわかり合えた、なんて図々しいことは言う気はないが、悪意の発露《はつろ》は悲しいものだ。それが控《ひか》えられただけ収穫だったと思う。

「引き止めて悪かったな」

「いえ、では……」

片手を上げて立ち去ろうとする河瀬に軽く会釈《えしゃく》をして、芹も車に乗ろうとドアに手をかけた。

その瞬間、ぐるりと目の前が回る感覚がする。

――――え……?

世界が回転した。続いて訪《おとず》れるブラックアウト。誰かに背中を支えられたような感覚がした。

「────おい！」

焦《あせ》ったように呼びかける男の声が遠くに聞こえる。

芹の身体から完全に力が抜け、そのまま意識を失ってしまった。


ふと目を開けると、そこには心配そうに自分を覗き込む尚史の姿があった。

「気がついたか！」

「……尚さん……？」

芹は白く清潔《せいけつ》なベッドに横たわっていた。辺りを見回すと、殺風景《さっぷうけい》な壁《かべ》と天井が目に入る。

おそらくここは、病院だ。

「大丈夫か。どこか痛むところはないか？」

尚史は芹のひとつの異常も見逃すまいと注意深く、そして労《いたわ》るようにこちらを窺《うかが》っていた。

「俺、もしかして倒れた…？」

「ああ、そうだ。河瀬が連絡してくれた」

「河瀬さんが…？」

芹は自分の額《ひたい》に手を当てる。まだ少し頭がくらくらしていた。そうか、あの時、自分は倒れたのだ。河瀬は芹を病院に運び、尚史に連絡してくれたのだろう。

「ごめん、尚さん、心配かけて。河瀬さんにも迷惑かけてしまった」

「そんなのはいいんだ。それより、調子が悪かったなら、どうして言わなかったんだ」

「どうしてっ…て、俺もたいしたことないと思ってたから……」

本当に、単なる疲れだと思っていたのだ。だからあんなふうに倒れるなんて驚いてしまった。

尚史は大きく息をついて言った。

「俺の責任だな。番の体調が悪かったことを見抜けなかった」

そんなことを言い出す尚史に、芹は瞠目《どうもく》する。

「尚さんのせいなんかじゃないよ。俺がきちんと体調管理できてなかっただけで」

その時、病室のドアが開いて、青いスクラブの上に白衣を羽織《はお》った女医が、看護師《かんごし》を伴《ともな》って現れた。

「ご気分はどうですか？」

「少し、怠《だる》いです。まだ少し目眩《めまい》も残っていて」

「では、ちょっと診《み》せてくださいね」

女医は聴診器《ちょうしんき》を芹の胸に当てる。その様子を尚史は神妙な面持ちで見ていた。

「ええと、あなたは番の方？」

「そうです」

女医は尚史に対して、闊達《かったつ》な声で尋ねた。おそらく彼女もアルファなのだろう。

「久保田芹さん、あなたは妊娠《にんしん》しています。三ヶ月に入るところです」

「え!?」

「……え……？」

すぐさま反応した尚史に比べて、芹のそれは遅かった。

「オメガのこういった体調不良に関しては、まず妊娠を疑います。番のいる方なら特に」

女医は看護師から何枚かの写真を受け取ると、それを芹に渡した。

「腹部エコーです。こちらに赤ちゃんが写っています」

黒と白の映像の中に、僅《わず》かに胎児《たいじ》のような形が見て取れる。芹は呆然《ぼうぜん》としてそれを見つめた。

尚史も食い入るようにして見入っている。

「退院後も、定期的に検診《けんしん》に来て頂くようになると思います。詳しくは退院時に看護師さんから説明を受けてくださいね。では、くれぐれもお大事に」

女医と看護師はそう言って病室から出て行った。二人になった病室で、芹はエコー写真を手にしながら尚史を見上げる。

「尚さん…、赤ちゃんだって」

「ああ」

尚史の熱い手が、芹の手の上に重ねられた。

「俺達の家族が出来るんだな」

「家族」

尚史は心なしか涙《なみだ》ぐんでいるように見える。

「ありがとう、芹」

「えっと…、産んでいいんだよね？」

「何言ってるんだ、当たり前だろう！」

彼は少し怒ったように答えた。

「俺が、お前との子供を産むななんて、そんなことを言うように見えるのか？」

「…そうだよね。ごめん、つい」

初めての事態に動転して、つい前までの自信のなさが現れてしまった。芹は下腹部に手を当てる。ここで今、彼との子が育っている。

「嬉しい」

口に出すと、じわじわと喜びが込み上げてきた。尚史との子供が生まれる。彼と自分の血を分けた子が。目の奥がじんわりと熱くなってきた。

「嬉しいよ、尚さん」

「ああ」

ぽろぽろと涙を零す芹の肩を、尚史がそっと抱き寄せる。

「一生大事にする。お前も、お前との子も」

「……うん。でも、それは俺もだから」

子供はもちろんのこと、尚史のことを大事にしたい。それでようやく、自分達はちゃんとした番になれるのではないだろうか。

「俺はもう大事にされている。お前が俺の側にいてくれるから」

「…っ、そういうこと言うのずるいよ」

何も言えなくなってしまうではないか。

尚史はいつも、芹が彼を思う以上に愛してくれている。こちらが好きと伝えると、それが何倍にもなって返ってくるのだ。

「ねえ、尚さん」

「ん？」

「もう、俺と最初に出会った時のこと、悪かったって思わないでね」

「……」

「あんなこと、もう百回くらい帳消《ちょうけ》しになるくらいのことを、尚さんにしてもらってる。だから今度は俺が返す番だと思う」

彼との子をちゃんと産むこと。それが今の芹に出来る精一杯《せいいっぱい》だった。

「わかった？」

尚史の目を見つめ、言い含めるようにゆっくりと告げる。彼は少しの間、気圧《けお》されたような顔をしていたが、やがてふっと表情を緩《ゆる》めた。

「まいったな――――。もう強くなってる」

「？」

「惚《ほ》れ直した。やっぱり俺の番はお前しかいない」

「……大げさだよ」

照れくささを隠して言うと、部屋の外に誰かが来た気配がして、そっとドアが開かれる。そこから顔を覗かせたのは巡と真幌だった。

「兄さん？」

「芹兄さん、倒れたって聞いて……。大丈夫？」

彼らはベッドの上の芹を認めると、足早に近づいて来た。駆け寄って来なかったのは、一応ここが病院だと認識しているのだろう。

「めぐ、マホ、心配させてごめん。大丈夫だから」

「ったく、びっくりしたんだからな」

「尚史さん、芹兄さんの容態《ようだい》は？」

真幌の質問に、尚史は一瞬言いよどんだ。

「ああ…、俺から言ってもいいんだが」

尚史が芹にアイコンタクトを送ってくる。自分の口から言ったほうがいいんじゃないか、ということだろう。

「妊娠したんだ」

芹はあっさりと告げた。

「妊娠⁉」

「妊娠⁉」

二人の弟の口から、同じ言葉が同時に飛び出す。

「それ本当⁉」

「え、あ、えっと、おめでとう！」

「ありがとう」

弟達の反応に思わず微笑んだ。

「芹、俺は待合室に出てる」

尚史が片手を上げて病室を出て行くのに、兄弟達は慌ただしく頭を下げて見送った。気を遣ってくれたのだろう。尚史の優しいところにまた気づいて、胸が温かくなる。

「今どのくらいなの？　何ヶ月とか」

「ああ、三ヶ月くらいだって」

「てことは、前回のヒートの時か……」

巡に指摘《してき》された芹は、今更ながらに、そのことに気づいて気恥ずかしくなる。確かにあれだけ中に注がれれば、子もできようというものだ。

「俺達の中で最後に結婚したのに、一番早く子供ができるなんてね」

「こういうのは別に順番じゃないだろ。ていうか、兄さんに子供ができたら、俺達、叔父《おじ》さんになるわけ？」

「まあ、そうじゃない？」

弟達が叔父さんになる。芹からすれば彼らも子供のようなものなのに、その事実がおかしくて、噴《ふ》き出してしまった。

「あのさ、芹兄さん」

真幌が真面目な顔に戻って、芹に訴えてくる。

「子供が生まれたら大変になるだろうけど、俺達いつでも手伝うから、ほんとに遠慮しないで頼ってね」

「あ、それマジだからな。俺達に遠慮するのなしだから」

「ありがとう、めぐもマホも」

弟達の言葉は心強かった。尚史との子供を産むのは嬉しいけれど、不安がないわけではない。この先に、どれだけ大変なことが待ち構えていようともがんばるつもりだが、おそらくそれだけでは駄目《だめ》なのかもしれない。きっと、上手く周りに頼るということも大切なのだ。

「まあ、尚史さんがちゃんとしてくれるだろうけど」

「しなかったら、ぶん殴るけどな」

「番にしかできないこともあるけど、俺達兄弟なんだから、できることはなんでもするから」

「うん、そうだな。めぐとマホの時は、俺もできるだけのことはするから」

「今からその話？　気が早いなあ」

「まず自分のこと考えなよ」

またしても弟達に窘《たしな》められてしまった。そうしているつもりなのだが、長年の習慣か、つい弟達のことを考えてしまう。今度はそれに我が子が加わるのだ。けれどそれが芹という人間なのだと思う。

一頻《ひとしき》り話した後で弟達は帰っていった。それと入れ替わるように尚史が病室に入って来る。

「尚さん、ありがとう」

芹の言葉に尚史は、いや、と返しながらも、おかしそうに笑って言った。

「お前のすぐ下の弟、俺を威嚇《いかく》してきたぞ。ちゃんと育児しないと承知《しょうち》しないってな」

「ええ…」

巡には困ったものだ。だが、あれでもずいぶん尚史に対しての態度は軟化《なんか》したのだ。本気で嫌っていた頃は目も合わせず、口から出るのは拒絶《きょぜつ》の言葉だけだった。

「心配には及《およ》ばないと返してやった。とりあえず一年は育休を取る」

「は⁉」

　一年？

　尚史が口にした期間に芹は目を点にする。

「尚さん、気持ちは嬉しいけど、一年は取り過ぎだよ」

「何でだ。一年過ぎるまでは、特に大変だって聞いたぞ」

「や、それはそうかもしれないけど、そんなに休んだら会社にも影響《えいきょう》が……」

　それに、いくら社長だといっても、一年も席を空《あ》けていたら、ポジションだって危うくなるのではないだろうか。

「俺を誰だと思ってるんだ？」

　だが尚史は意志を曲げなかった。

「そんなことでグラつくような仕事はしていない」

　尚史は優秀だ。彼の言うように、そこまでしても大丈夫なのかもしれない。だが。

「でも、心配だよ。それに悪いし……」

「芹」

　尚史は芹の額を、指先でとんとんと叩いた。

「弟達にも言われたんじゃないか？　遠慮なく頼《たよ》れって」

「あ……」

「それにな。生まれるのは俺の子だ。なら俺も育てるのは当然だろう」

きっぱりと言ってのける尚史に、思わず瞠目する。

「お前との家族だ。俺も一緒に育てさせてくれ」

「……本当に、大丈夫？」

「お前の番の能力を信じろ」

尚史はやると言ったらやる男だ。その彼が言うのだから、きっとうまくいくのだろう。

「わかった。尚さんと一緒に子育てする」

「よし」

大きな温かい手が頬に触れる。彼に撫でられるのが大好きだった。不安はまだあるが、彼がいれば絶対に大丈夫。そんな気がした。

「そういえば、待合室で河瀬が待っていてな。お前のことを話したら、身体を大切に、と言って帰っていったぞ」

「あ、ほんと？　河瀬さんが運んでくれたんだよね。ちゃんとお礼言わなきゃ……」

「礼なら俺が言っておいたからいい。それでチャラだ」

「チャラ？」

「以前、あいつがお前にしたことだ」

性的で下卑た言葉を投げつけられたことを、尚史は聞いてしまったのだろう。その眉間《みけん》には深い皺《しわ》が刻《きざ》まれていた。

「そのことはもういいんだ」

「まあそうだな。今回の借りがなければ半殺しにしていた」

芹が慌てて言うと、尚史は低く呟《つぶや》く。まだ消えていない彼の怒りを感じて肩を竦めた。

「けれど、お前がそう言うなら、今回のことに免《めん》じて俺も水に流そう。それでいいか?」

「……うん！」

嬉しそうに頷く芹に、尚史も笑みを返す。

これからまた新しい家族の形を築《きず》いていくのだと思った。

赤ん坊の泣き声が部屋に響く。柔らかなベビーウェアに包まれた小さな身体を、逞しい腕が軽々と抱き上げた。

「どうした。おしめか？　それともミルクが欲しいのか？」

一年後。十月十日《とつきとおか》の後に芹は男児を出産し、それからあっという間に三ヶ月が経《た》った。

最初に言った通りに、尚史は予定日の少し前から育児休暇に入り、産むことと授乳《じゅにゅう》だけは自分にはできないからと、芹を徹底的《てっていてき》にサポートした。おかげで芹は何の憂《うれ》いもなく、出産に臨むことができ、元気な子を産むことができた。

新生児の世話は目が回るほどに忙《いそが》しい。ろくに睡眠《すいみん》をとることすらできないのがほとんどだ。

だが尚史は、息子が夜泣きすると立ちどころに起きてあやしてくれる。芹が代わろうとすると産後の身体を気遣ってくれて、お前は寝ていろとベッドに戻される。それでも尚史に疲れた様子はいっさい見えず、昼間も新生児の世話、家事と、家の中を縦横無尽《じゅうおうむじん》に動き回っていた。

（アルファの体力ってすごい）

尚史はその強靭《きょうじん》な見た目通りの体力を誇《ほこ》っていた。芹を抱く時も、何度果てても飽《あ》かずに挑《いど》んできて、芹はいつも気絶《きぜつ》するように眠りにつくのが常だった。

けれど、そんな尚史もやはり人間だった。ある日、ソファで撃沈《げきちん》するように尚史が眠りこけているのを見つけてしまう。息子はベビーベッドですやすやと寝ていた。

（めずらしい）

静かな昼下がり。芹は足音を忍ばせて、眠る尚史にそっと近づく。覗き込んでよくよく見ると、目の下に微《かす》かに隈《くま》が見て取れた。

（夜泣きを一手に引き受けてくれてるもんな）

そんな尚史のおかげで、芹は睡眠時間を確保することができ、産後の身体の回復と、気持ちに余裕を持って育児をすることが出来ている。彼がいなかったら、こうはいかなかったろう。

「……ありがと、尚さん」

尚史の側に屈《かが》み込むと、そっと唇を重ねてみた。子供が生まれてから、盗《ぬす》むような軽いキスはしていたけれども、いつも一瞬だったような気がする。

意識のない相手に口づけているのが、なんだか後ろめたくて、芹は顔を上げようとした。

「――なんだ、もう終わりか？」

その時、思いがけない尚史の声が聞こえてきて、芹は一瞬で赤くなる。起きていたのだ。

「尚さん、起きて……！」

「シーッ」

口の前に指を立てて尚史が静寂《せいじゃく》を求めた。芹は咄嗟にベビーベッドを見やる。赤ん坊はぐっ

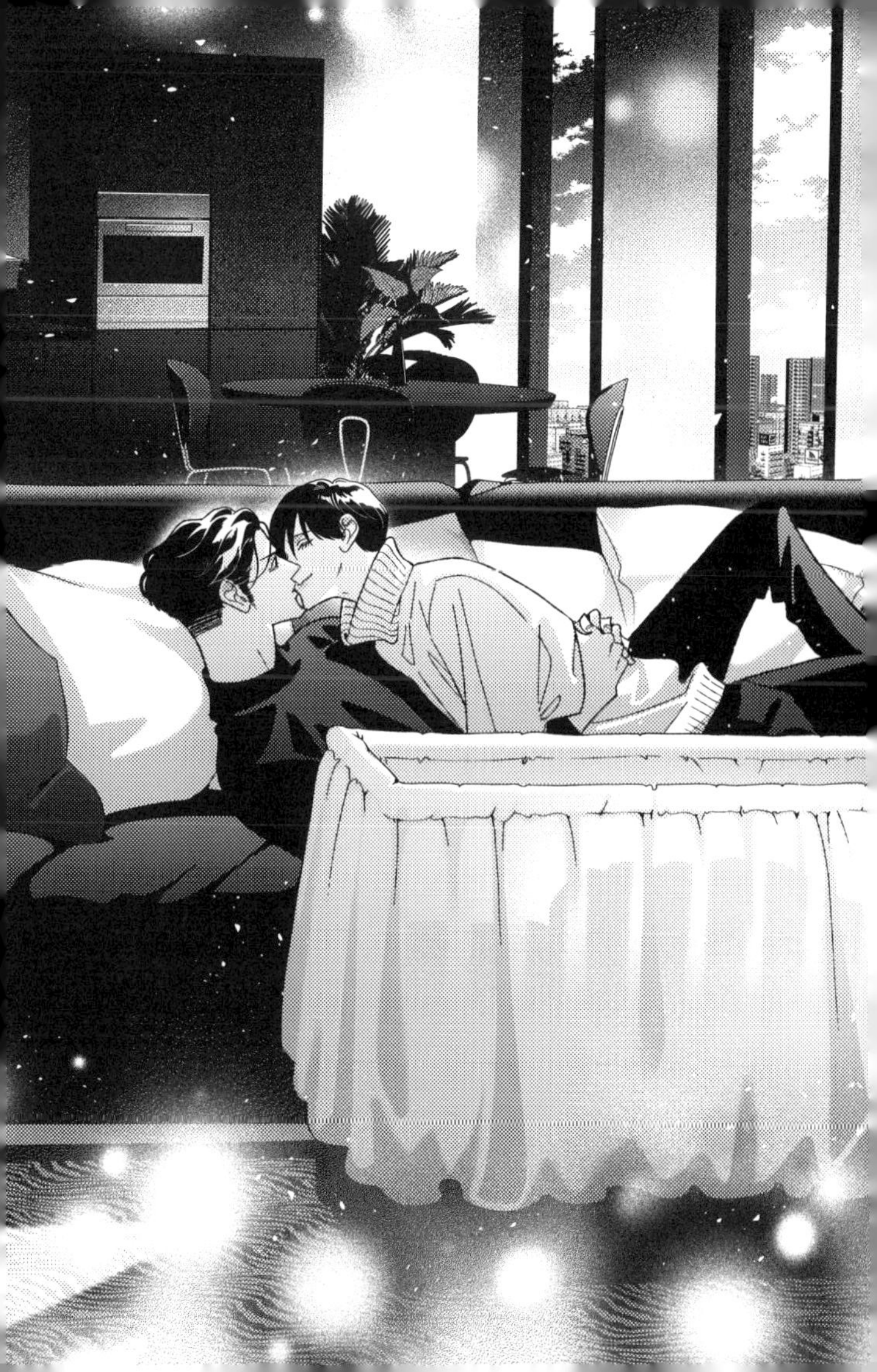

すりと眠っていた。

「もう一回してくれ」

「ん……」

尚史が望むならと、芹はもう一度、彼に口づけた。久しぶりの、味わうようなキス。互《たが》いの舌の味さえ愛《いと》おしかった。

「芹、愛してる」

「俺も」

こんな些細《ささい》な時間すら、大切にしたいと思う。それは尚史と我が子がいるからだった。

これから先も、ずっとこんなふうに生きていけたらいい。

その願いはきっと叶《かな》うだろう。髪を撫でてくれる彼の手首に口づけながら、芹はそんなふうに思うのだった。

こんにちは。西野花《にしのはな》です。「αとΩの新婚夫婦《しんこんふうふ》は溺愛巣《できあいす》ごもりがしたい～三夫婦《さんふうふ》の蜜月《みつげつ》～」を読んでいただき、ありがとうございました。

今回の話はちょっと変則的で、三組の夫婦が登場します。オメガのほうが兄弟という設定でして、今回は長兄がメインのお話でした。

次男カプ、三男カプとそれぞれ特徴をもたせたつもりではいますが、メインで書く日は果たして来るのか……？　という感じですね！

挿絵の奈良千春《ならちはる》先生、ありがとうございました。いつもとても凝った絵を描いてくださるので、今回も楽しみです。人数多めで、すみませんでした。

担当様もいつも気を揉ませてしまい申し訳ありません。本当にどうにかしたいと思っております。

ここ最近の近況としましては、飼っている二匹の猫のうちの一匹が、年齢のせいもあって体調を崩しており、お世話の日々を過ごしております。こうなることはわかっているのですが、なんとも切ない気持ちになりますね。

来年もまた慌ただしい年になりそうですが、お仕事がんばっていきたいと思います。

それではまた。

西野　花

XID：@hana_nishino

Lovers Label

αとΩの新婚夫婦は溺愛巣ごもりがしたい ~三夫婦の蜜月~

ラヴァーズ文庫をお買い上げいただきありがとうございます。

この作品を読んでのご意見・ご感想をお聞かせください。

あて先は下記の通りです。

〒102−0075
東京都千代田区三番町8-1
三番町東急ビル6F
(株)竹書房 ラヴァーズ文庫編集部
西野 花先生係
奈良千春先生係

2023年12月7日
初版第1刷発行

●著　者
西野 花 ©HANA NISHINO
●イラスト
奈良千春 ©CHIHARU NARA

●発行者　後藤明信
●発行所　株式会社　竹書房
〒102−0075
東京都千代田区三番町8-1 三番町東急ビル6F
代表 email： info@takeshobo.co.jp
編集部 email： lovers-b@takeshobo.co.jp
●ホームページ
http://bl.takeshobo.co.jp/

●印刷所　中央精版印刷株式会社

落丁・乱丁があった場合は、furyo@takeshobo.co.jp までメールにてお問い合わせください。

本誌掲載記事の無断複写、転載、上演、放送などは著作権の承諾を受けた場合を除き、法律で禁止されています。

定価はカバーに表示してあります。

Printed in Japan

本作品の内容は全てフィクションです
実在の人物、団体、事件などとはいっさい関係ありません